Catalogage avant publication de Bibliothèque et Archives nationales du Québec et Bibliothèque et Archives Canada

Beaumier, Camille, 1994-

   Ouate de phoque!

   (Génération [Filles])
   Sommaire : t. 5. Courrier du cœur.
   Pour les jeunes.

   ISBN 978-2-89662-348-8 (v. 5)

   I. Beauregard, Sylviane. II. Titre. III. Titre: Courrier du cœur.
IV. Collection: Génération Filles (Boucherville, Québec).

PS8603.E338O92 2012   jC843'.6   C2012-940012-2
PS9603.E338O92 2012

Édition
Les Éditions de Mortagne
C.P. 116
Boucherville (Québec) J4B 5E6
Tél. : 450 641-2387
Téléc. : 450 655-6092
editionsdemortagne.com

Illustrations intérieures
© 123RF – Mihaly Pal Fazakas ; Arturaliev; Dazdraperma.
© iStockphoto: Darumo

Graphisme
Ateliers Prêt-Presse

Dépôt légal
Bibliothèque et Archives Canada
Bibliothèque et Archives nationales du Québec
Bibliothèque Nationale de France
3ᵉ trimestre 2014

ISBN 978-2-89662-348-8
ISBN (epdf) 978-2-89662-349-5
ISBN (epub) 978-2-89662-350-1

1 2 3 4 5 – 14 – 18 17 16 15 14

Imprimé au Canada

Nous reconnaissons l'aide financière du gouvernement du Canada par l'entremise du Fonds du livre du Canada (FLC) et celle du gouvernement du Québec par l'entremise de la Société de développement des entreprises culturelles (SODEC) pour nos activités d'édition. Gouvernement du Québec – Programme de crédit d'impôt pour l'édition de livres – Gestion SODEC.

Membre de l'Association nationale des éditeurs de livres (ANEL)

Camille Beaumier
Sylviane Beauregard

Ouate de phoque !

Tome 5. Courrier du cœur

ÉDITIONS DE MORTAGNE

À ma mère

Sylviane

À Chloé, mon amie de toujours

Camille

Cahiers neufs
et stylo rose

– Toi, là… Oui, toi. Arrête d'écrire. Tout de suite!!! hurle le prof de sciences comme si le feu était pris sous son bureau.

Ouate de phoque! C'est à moi qu'il parle comme ça? Depuis quand on ne peut plus écrire à l'école? Bon. J'avoue. Je dessinais «**Antoine**» partout. Dans les marges de mon agenda. Dans les cases à droite aussi. **En rose!!!** Ça ajoute un petit quelque chose, je trouve.

J'ai dessiné un petit cœur tout **choupinet** à la place de l'insipide point qu'on place au-dessus du i. Note à moi-même: proposer cette modification au chef de la langue française. Si on peut écrire ognon (**beurk!**) au lieu d'oignon, on peut mettre un cœur à la place d'un point. C'est vraiment plus **ROMANTIQUE**. Mais c'est pas l'avis du prof de sciences, on dirait.

– Montre-moi ce que tu gribouillais avec autant d'application. Maintenant!

Il s'adresse à moi sur ce ton? Ce prof est *foule* impoli. Je referme mon agenda et je croise lentement mes bras dessus. Le prof se **dirige** vers moi d'un pas décidé. **OhMonDieu!** Va-t-il me le confisquer? Humiliation totale en vue. Premier cours de l'année, en plus. Il m'aura fallu soixante et une courtes minutes pour que je **ROUGISSE**. Mon record de tous les temps.

Le prof passe à côté de moi sans me jeter un œil. **Quoi ?** Il a changé d'idée en route? C'est le roi des **girouettes** ! Il s'arrête devant le pupitre de Lancelot, assis juste derrière moi (yé!), et lui arrache son agenda des mains (**violeeence !**) pour se mêler de ce qui ne le regarde pas.

– Si tu prévoyais étudier en architecture, j'ai un conseil, ti-gars: trouve-toi vite un plan B. Et, surtout, écoute quand je parle. Les sciences, t'en auras besoin si tu veux étudier en sciences de la nature au cégep. Elles t'ouvriront les portes de l'École d'architecture. Pigé? a conclu ce personnage en lançant un dernier regard au plan de Pokéball 2.0 que **Lancelot** dessinait parce qu'il trouvait le cours plate.

Lancelot est trop choqué (comme s'il avait introduit un doigt mouillé dans une **PRISE** électrique, pas comme s'il était en colère) pour répliquer. Il se contente de déposer son stylo sur son pupitre et de croiser les mains derrière la tête. Une chance que le prof n'a pas lu et commenté mes gribouillis. J'aurais été tellement hu-mi-li-ée. C'est pas de ses affaires si mon chum me .

🍓 💜 🍓

Enfiiin, la pause! Lily, Karo et moi sommes aux toilettes parce que l'heure est **GRAVISSIME**. Je sais pas qui a formé les groupes cette année, mais cette personne est to-tal **dérangée**! Comme toujours, **PVP** est dans ma classe. Guillaume aussi. Là n'est pas le problème. C'est Lily! Elle est dans la classe d'**Aglaé-la-Cruelle** et de Sabine. Avec les

Schtroumpfs[1]. Océane? Dans MA classe. Je sais. Pas obligée de m'asseoir à côté d'elle, mais je respire le même AIR qu'elle et je ne suis pas certaine que ce soit très sain !

– Les filles, je capote trop !!! s'exclame Lily. On peut demander un changement de groupe aujourd'hui seulement. Si on a une bonne raison. Ça m'en prend une et viiiiite !

– Dis à Sansregret que tu peux pas être séparée de ton amoureux, propose Karo. Explique-lui que ça se fait juste pas... parce que... c'est trop cruel ! Elle va comprendre.

À l'entendre, j'en conclus qu'elle n'a pas profité de l'ÉTÉ pour quitter sa planète peuplée de licornes naines.

– Brisebois a déjà *distance-et-discrétionné* quatre couples qui se tenaient par la main, aujourd'hui, précise Lily. Jour 1, 14 h 17, ajoute-t-elle en jetant un œil découragé sur sa montre Hello Kitty. Nos amours, ça intéresse personne ici...

Soupirs en chœur.

– Dis-lui que tous tes amis sont dans l'autre classe et que tu sais pas comment tu vas réussir ton année sans leur aide, suggéré-je à mon tour à Lily. Rappelle-lui que c'est le secondaire quatre qui décidera du reste

---

1. Surnom donné à ceux qui sont dans le groupe des *Bleus*. Depuis quand ? Depuis maintenant !

de ta vie! Des affaires dans ce genre-là. Elle va être touchée que tu prennes tes études au sérieux. Vas-y, on est derrière toi!

Même pas besoin d'ouvrir la **porte** pour se rendre chez Sansregret; Geoffrion l'a ouverte pour Lily. Elle est ~~courdonnée~~, Geoffrion.

– Mesdemoiselles, je constate que vous avez passé un bel été. Tellement beau que vous avez oublié les règles qui sévissent (comme le verbe sévir? Vraiment approprié!) dans cette école. Je vous rafraîchis la mémoire: si vous avez terminé, sortez. Vous n'êtes pas à l'agora, ici.

L'agora?! Et le *Salon étudiant*, lui? C'est de l'histoire ancienne? **Pfff!**

Lily **détale**. **DiRECTiON :** le bureau de la directrice.

– On ne court pas dans les corridors, rappelle fière-ment Geoffrion.

Quoi? Selon Bilodeau, y a que la **course** dans la vie! Faudrait s'entendre sur qui dit vrai!

Nous nous dirigeons len-te-ment vers notre cher **BOCAL**. Cours de math. Comment je vais survivre si ma Lily n'est pas dans ma classe? J'espère que Sansregret va accepter ses arguments nuls. **ANTOINE** est en Finlande, donc Lily doit être dans mon groupe. C'est trop essentiel!

Le prof de math est vraiment cool. Mais ses **souliers** sont affreux. Il les a dénichés[2] à l'Armée du Salut, c'est certain. Aucun magasin digne de ce nom ne vendrait ces godasses. Suggestion pour Sansregret : le code VESTIMENTAIRE devrait aussi viser les profs.

Lily me fait un clin d'œil. Ouaip! Elle a réussi à convaincre Sansregret qu'elle allait se dissoudre si on l'exilait chez les Schtroumpfs!

– Bienvenue en math SN! (Quoi?) Pour ceux qui l'ignorent encore, l'année se terminera par un examen du Ministère (Quoi???). L'examen le plus difficile du secondaire. (Trop encourageant! J'ai hâte d'y être.) Soyez sans crainte (facile à dire!), je vais vous outiller comme il faut. Oui, Philippe? poursuit le prof en souriant.

Ça commence MAL, PVP est déjà son **chouchou**. Faudrait pas négliger Lancelot, professeur.

– Monsieur, SN, c'est pour sciences de la nature, je présume? le questionne PVP pour la première fois de l'année (certainement pas la dernière). Et quel est le taux de réussite d'EISL à cet examen?

– 100%! lance le prof en riant. Pour le nom du cours et pour le taux de réussite à l'examen.

---

2. Ça veut dire trouvés. Cette année, j'ai décidé de faire un effort pour mieux parler. Ma mère m'a fait la morale, cet été, au sujet de la pauvreté de mon vocabulaire alors que (je la cite) : «la langue française est si riiiche!» Mais le fait d'utiliser un mot savant ne change rien à la réalité : ces souliers sont immondes!

– Comptez sur nous pour poursuivre cette tradition d'excellence, réplique PVP, plus *téteux* que jamais.

Lancelot glousse. Lily fait semblant de **vomir**. Une chanson doit être en train de jouer dans la tête de Guillaume, car il tape sur son pupitre en suivant un **rythme**. Pendant que **PVP** et Lancelot discutent équations et paraboles avec le prof, qui jubile d'avoir les deux meilleurs étudiants en **MATH** de la province devant lui, je me concentre sur ce qui compte : l'été qui vient de se terminer.

Résumé de l'été de Léa en dix points mirobolants

1. Passe-temps le plus cool au monde : parler avec **Antoine** (toujours aussi **beau**) sur Skype, le matin.

2. Principal diverti$$$ement : garder Mia.

3. Fait marquant de l'été : passer une journée à La Ronde avec Lancelot et sa copine (lire : amoureuse) Sandrine. **Exploit :** se faire photographier dans La Pitoune sans avoir l'air fou/ échevelé. Le fait marquant est aussi devenu le plus **HUMILIANT** de l'été : vomir à la sortie du Vampire aux pieds de Lancelot et de Sandrine.

4. Principale façon de se rafraîchir : plonger dans ma **PISCINE**. Trop cool, avoir sa propre piscine.

5. Dans la catégorie *J'affirme ma personnalité* : refuser d'assister au spectacle de 1D (One Direction, pour les Jupitériens qui liraient ce texte) avec Lily (qui capote encore sur eux au grand désespoir de Guillaume) pour ne pas **MOURIR** de honte.

6. Activité très appréciée pendant la **canicule** : cinéma (climatisé !) avec Lily et son éternel Guillaume (**GRRR !**) pour voir *Détestable moi 2* et répéter « Ba-ba-ba-ba-banana » avec Lily pendant le reste du mois.

7. Dans la catégorie *Les voyages forment la jeunesse* : visiter la ville de Québec avec mon père, mon cousin Étienne, mon oncle Jean-Paul et ma cousine. On l'appelle madame Fille parce que... c'est une fille, parce qu'elle a huit ans (rapport pas trop évident) et qu'elle aime les affaires de **filles**. Certain qu'elle a un prénom. Mais on l'utilise jamais. Son surnom est tellement plus cool ! Faits dignes de mention : ai mangé trop de macarons chez Paillard. Ai trop applaudi pendant le spectacle du Cirque du **SOLEIL**. Ai pris cinq bouillons dans la piscine à vagues de Valcartier. Ai piqué du nez sur la promenade Samuel-De Champlain, face au quai des Cageux, ce qui a fait rire ma cousine aux larmes. **Exploit :** avoir évité une septième visite du Parlement.

8. Boissons de l'été : **limonade** aux framboises et cappuccinos glacés dégustés au nouveau café près de chez moi. Meilleure soirée pour y aller : le jeudi. Raison : Gabriel, le serveur. **(Tellement beau !)**

9. Métamorphose la plus **SPECTACULAIRE** : ma minipoitrine a perdu un A et fait maintenant

un **énoØorme** 32A. Première chose que je perds sans ressentir l'urgent besoin de la retrouver.

10. Nouvelle aptitude étonnante : PEINDRE des dessins tout choupinets sur mes ongles, que je ne ronge plus depuis mon anniversaire.

11. Point boni. Dans la catégorie *Il était temps que l'école recommence* : Tapisser le mur derrière mon lit avec l'aide de Lily et de Lancelot. Couleur du papier peint : orange vibrant. **Raison :** mettre du pep dans ma chambre parce qu'Antoine est loin et que gris poussière d'ÉTOILE, c'est un peu triste quand il y en a trop. Résultat : Lily a envie de manger des Gummy Bears quand elle vient chez moi.

Hein? Le cours de math est déjà terminé? Je n'ai rien écouté. Ça devait pas être important ; mes neurones m'auraient avertie. Mauvaise nouvelle : on a un devoir. Le premier soir !?! C'est une honte ! Mon prof est un ancien **NERD**, c'est officiel.

Dans le bus. Avec l'incomparable **M**oucheronne – Mégane[3] de son prénom – qui n'a malheureusement pas **redoublé** sa sixième année et qui ignore tout des règles élémentaires (mais non écrites) de la vie au secondaire.

---

3. Étonnant, la sœur de Lily a un prénom. Je vous l'ai jamais dit ?

Liste des règles non écrites de la vie des ados

par Léa Beaugrand (secondaire quatre)

1. Les secondaire un ne s'assoient pas en arrière du bus avec les SECONDAIRE QUATRE et CINQ. Cette règle vise directement les membres d'un certain essaim de moustiques !

2. Les secondaire un ne se mêlent pas des conversations des vieux (ben, nous !).

Deux règles enfreintes dès le premier jour par la sœur de Lily et ses **amis**. Comment on va faire pour se raconter notre vie si ces porteurs du virus du Nil **bourdonnent** autour de nous tout le temps? Im-pos-si-ble.

PVP est silencieux, donc possiblement atteint par ce **VIRUS**. Symptôme: il a commencé son devoir dans le bus, ce qui a fait rire monsieur Gilles, notre chauffeur méga *foule* cool. PVP n'a pas changé cet été. Mis à part le fait que ses cheveux sont (un peu) plus longs que l'an dernier. On est loin d'une déclaration de au , mais ça lui va bien mieux.

Lily me présente le compte rendu détaillé de sa visite à Sansregret, qui a accepté le changement de groupe sans poser de questions. Elle aurait pu l'obstiner un peu, pour montrer qu'elle fait son travail consciencieusement, genre ! Lily était déçue d'avoir gaspillé des émotions INTENSES pour rien. Je la comprends tellement. Les adultes sont souvent décevants...

Facebook. Meilleur outil au monde pour ANNON- CER les nouvelles importantes.

Léa

Antoine, je suis dans la classe de PVP, de Lancelot, de Karo et de Lily, qui a supplié Sansregret de ne pas la laisser moisir avec les Schtroumpfs d'Aglaé. (Bon, elle a pas vraiment dit Schtroumpfs. Tu dois lire entre les lignes !) J'oubliais, Océane aussi est avec nous...

U

Je sais qu'ANTOINE ne me répondra pas avant plusieurs heures. (Décalage !) Je vais pas m'empêcher de dormir pour attendre ses courriels, quand même. J'aurais les yeux trop cernés.

Il ne reste que trois cent quarante jours avant son retour. C'est moins d'un an, ça! Ça passera vite... (Poussée de positivisme et de *ZÉNITUDE* ayant pour objectif de faire porter des lunettes rose foncé à mon cerveau.)

Bonne nuit!

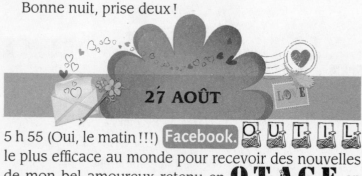

Ouate de phoque! C'est n'importe quoi, la pensée positivo-gnan-gnan! Trois cent quarante jours, c'est aussi vingt-neuf millions trois cent soixante-seize mille secondes. Vu comme ça, mon cerveau déprime!

Bonne nuit, prise deux!

27 AOÛT

5 h 55 (Oui, le matin!!!) Facebook. OUTIL le plus efficace au monde pour recevoir des nouvelles de mon bel amoureux retenu en OTAGE en Finlande par de cruels parents.

Antoine
Océane-la-banane??? *LOLLL!* Bonne chance!.
U
HAGD[4]

---

4. Pour *Have a good day!* ou «bonne journée». Mais vous le saviez déjà!

Léa

Toi, comment va ?

Donne des news…

♥U2

Il est parti trop vite ! Ça paraît que c'est un champion ~~tournament~~. Pas de panique, Léa. **Antoine** te répondra ce soir. Il répond toujours.

Ce matin, cours d'art dram. La prof **MIME** le programme de l'année. Elle aurait pu laisser faire ! On écrira une pièce de théâtre. Durée : trente minutes (pourquoi pas trois heures ? Je suis ironique). Longueur : dix scènes *in-ter-mi-naaa-bles*. **PVP** demande combien de scènes supplémentaires on peut ajouter, dans l'optique (c'est de lui !) où on serait trop inspirés. La prof ne sait pas quoi répondre.

– En équipe de quatre, maximum cinq, réplique-t-elle enfin en faisant une mimique désolée à PVP, qui saisit le message.

Tout le monde s'est animé en entendant le mot équipe. *Du calme !* On fait TOUT en équipe, à l'école. Qu'est-ce qui est étonnant cette fois-ci ?

Nous, on sera cinq, car Lily + Guillaume, ça fait toujours deux (il y a des limites à vouloir *fusionner*). J'exagère même pas. Ils viennent désormais en **PAQUET** « deux pour le prix d'un ».

À eux s'ajoute PVP, toujours emballé quand il pressent une occasion de se mettre en VALEUR. D'ailleurs, lorsque notre *nerd* préféré sera célèbre, Josélito Michaud l'invitera à prendre place à bord de son TRAIN. Il lui demandera quelle est sa définition du bonheur. Ému, PVP répondra que le bonheur, c'est de pouvoir se donner en spectacle devant un auditoire captif. Et ma mère, qui sera rivée à son écran de télévision, me TEXTERA qu'elle avait prédit qu'il irait loin dans la vie ! Je me ferai la réflexion que c'est certain qu'en train, on peut aller *foule* loin. Et je ne répliquerai pas au texto de ma mère parce que ça ne servirait à rien.

J'oubliais, il y a aussi Émilie dans notre équipe, une ex-Schtroumpf devenue *Verte* car elle a compris que c'est mieux pour sa santé MENTALE.

Qui est Émilie ?

Émilie est originale sans faire d'efforts. Elle est née comme ça, je pense. Elle a une poitrine, mais elle s'en fiche. Elle RONGE ses ongles pendant la semaine où elle vit chez sa mère. Rien que parce que sa mère déteste ça. Ses cheveux sont noirs et coupés à la garçonne, comme ceux d'Anne Hathaway[5] quand ils ont repoussé après le film *Les Misérables*. Émilie ne les

---

5. Vedette des films *Le journal d'une princesse* et *Le Diable s'habille en Prada*, film dans lequel elle vivait à New York et où son employeur la forçait à porter des vêtements griffés (trop dure, sa vie ! Pfff !).

coiffe pas vraiment et c'est une chance, parce qu'on est déjà beaucoup à se pousser devant le miroir des toilettes. Ses yeux sont bruns. On dirait qu'elle porte des faux **cils** tant ils sont longs ET épais. Seule chose énervante chez elle.

Émilie aime les films quétaines (comme moi!); manger des chips au vinaigre en lisant des bandes dessinées; détester Garance, sa moitié-de-sœur immonde; porter des souliers de C**OULEU**R(S) différentes rien que pour faire enrager Brisebois et *scrapbooker* les billets blancs qu'elle récolte. Elle aime aussi les gens authentiques. Ce qui réduisait pas mal ses possibilités de se faire des amies chez les Schtroumpfs!

Son activité préférée? Se moquer des filles qui se préoccupent trop de leur (A)(P)(P)(A)(R)(E)(N)(C)(E), soit environ le quart de la population de l'école.

Pendant que j'étais dans la **LUNE** à cause d'Émilie, la prof a longuement disserté sur ce qu'elle attend de nous et sur l'improvisation – un «sport» créé au Québec par le plus-que-génial Robert Gravel – et sur les exercices qu'on va faire et sur tout ce qu'on va apprendre et sur comment cette expérience exquise nous changera, tous autant que nous sommes.

Découragée, Karo a demandé si l'invention de Robert Gravel serait à l'examen et s'il fallait prendre l'info en **NOTE**. La prof n'a rien répondu, mais elle a levé le bras droit dans les airs en le tournant avec **élégance**.

Bref, on n'a pas su si Robert Gravel sera en VEDETTE dans un examen d'art dram. Alors, on a tous pris des notes.

Je comprends une chose : la prof n'a pas eu le courage d'avouer que c'est LE cours **pochissime** du secondaire quatre. Pourquoi j'en arrive à cette conclusion ? Les cours le fun n'ont pas besoin de si longues justifications !

Autour de NOTRE table. Sabine nous raconte son été trop épatant. Perte de temps ; tout le monde est déjà au courant parce que chacun de nous est ami avec elle sur Facebook et qu'elle a affiché au moins mille photos (au dernier décompte) prises au bal de fin d'études du magnifique TACTAC. La plus impressionnante ? Un gros plan de ses Converse vert pomme. Vous avez bien lu ! Elle a fini par adopter ma proposition et elle était la pluuus beeele ! Grâce à qui ? À moi ! Et à la fille déchaînée qui FRAPPE frénétiquement mon tibia ! Oui, Lily, faudrait pas t'oublier.

Je ne vous décris pas les vives ÉMOTIONS que Sabine a ressenties (et qu'elle ressent toujours, on dirait) quand elle et son splendide Tactac ont été élus le plus beau COUPLE du bal.

Lily a enchaîné en nous racontant sa soirée 1D, spectacle auquel elle a invité Guillaume, qui y est allé à LOUS_OEN. C'est assez risqué, si vous voulez mon avis. En tout cas, moi, je foncerais partout.

Comme elle avait trois **BILLETS** et que la méchante moi a refusé de s'humilier même si on se connaît depuis la garderie de *ma tante Jojo*, la *plus-que-cruelle* Ginette l'a forcée à traîner sa sœur. **Moucheronne**? Elle a hurlé d'extase pendant tout le spectacle et a eu une extinction de voix qui a réjoui toute sa famille. Elle a acheté un t-shirt rouge sur lequel on peut lire « I ♥ **1D** ». Trop original... Elle l'a porté pendant le reste de l'été.

Moucheronne est convaincue qu'elle **épousera** Liam parce qu'il est le plus beau... Quand Ginette tente de la ramener à la raison, elle hurle : « *Never say never!* » Lily se fait une joie de lui rappeler qu'elle utilise le titre d'une chanson de Justin Bieber pour parler d'un membre de **ONE DIRECTION**, pour ensuite la voir se réfugier dans sa chambre en claquant la porte, après avoir souligné que personne ne la comprendra jamais dans cette maison (ni dans ce système **SOLAIRE**, d'après moi).

Pour résumer son été, **PVP** s'est contenté de déclarer qu'il a adoré le film *Jobs*[6]. Un être **exceptionnel**, selon lui.

---

6. Film qui raconte la vie de Steve Jobs, le fondateur de Apple. J'aimerais avoir un iPod, comme tout le monde. Bien entendu, mon père est contre l'idée. Il refuse de payer pour que je devienne sourde. Si j'étais sourde, je n'entendrais plus ses commentaires *poches* au sujet du désordre qui règne dans la maison. Intéressant...

– Ashton Kutcher est tellement beau ! a lancé Sabine, convaincue d'avoir ajouté quelque chose de **pertinent**.

– Sabine..., a soupiré PVP, découragé.

Quand on a vu Émilie s'approcher de la table d'Océane (un égarement passager, ça nous arrive à tous) et se faire déclarer que toutes les places vides étaient réservées (elle sait comment se faire des amies, Océane !), on l'a invitée à s'asseoir à NOTRE table et à nous parler à son tour de son été. Émilie nous a dit qu'elle a gardé gratuitement sa moitié-de-sœur trois fois de trop. Sans rire ? Moi, je me contenterais d'un quart-de-sœur. Ça me ferait quelqu'un avec qui jaser le **'S'O'I'R**, avant de m'endormir.

Lancelot a raconté quelques-unes de ses expériences d'EMBALLEUR au supermarché de son quartier. Dont celle de cette dame qui a refusé de payer pour les sacs de plastique, qui lui a ordonné de les VIDER et qui est repartie en tenant tant bien que mal ses emplettes dans ses mains.

Les adultes peuvent être tellement nonos, parfois. Et ce sont eux qui établissent les règles ? Faut pas trop y penser, ça fait *foule* PEUR !

– La prof de français est vraiment folle ! s'époumone Moucheronne dans l'autobus tout en riant Sottement. Il faut qu'on fasse tous les exercices des quinze premières pages du cahier pour le prochain cours. Si elle pense que je vais me taper tout ça, elle se trompe ! J'ai un plan. Lily, as-tu encore ton cahier de secondaire un ?

– Mon cahier, je l'ai brûlé dans le feu de camp ! rigole ma *BFF*. Et si je l'avais encore, je te le passerais pas, de toute façon.

– Mauvaise attitude, Mégane ! déclare PVP. C'est un visa (pas comme la carte de crédit, là !) pour l'échec.

Philippe est **toujours** aussi distrayant. Jour deux !

J'ai ouvert Facebook. Antoine ne m'a pas encore répondu. Je trouve que c'est pas normal. Il est en **VACANCES** ! Moi, je lui donne plein de nouvelles. Il n'a aucune anecdote *poche* (ou non) à me raconter ?

30 AOÛT

PVP m'**ATTEND** devant mon casier, l'air innocent. Sa pire façade au monde. Je sens qu'il veut me demander quelque chose à propos de *La GaZzzette estudiantine*. Prépare ta réplique, Léa. Sois ferme. **Souriante**, mais ferme ! Ne te laisse pas attendrir. Respire à fond. **COURAGE !**

– Salut, Phil ! Ça boume ?

C'est assez **nul**, comme introduction. Je dois être encore endormie. J'ai vraiment dit « ça boume » ?

– Léa ! La fille que je voulais voir.

Il est pas mieux que moi question réplique. Il veut me voir certain, sinon qu'est-ce qu'il ferait, debout devant ma case ? Attendre l'autobus ? Je suis *extralucide*. Extralucide ET décidée. **Banzaï !**

– Ah ? Pourquoi donc ? ai-je répondu, sur le ton de celle qui revient de la planète Mars.

– Pour *La Gazette*, j'ai pensé que...

– À ce sujet-là, je voulais...

– Je savais que tu joindrais nos rangs cette année encore ! (**Ouate de phoque !**) J'ai même déjà pensé à la nature de ton implication.

– Tu sais, Philippe, je veux me concentrer sur mes études, ai-je annoncé avec sérieux. C'est ardu, le secondaire quatre...

Je **PARLE** son langage. Seule manière de le **CONVAINCRE**.

– Je te comprends. (**Parfait !**) Mais écoute ce que j'ai à te proposer. (Pas de problème, je suis bonne là-dedans.) Tu pourrais tenir un courrier du cœur. (**Hein ?** J'ai de la difficulté avec mes propres histoires d'amour, alors conseiller les autres, c'est risqué !) Ça va être le fun. (**Le fun ??!!?!** On n'a pas la même définition de ce mot.) Tu es la meilleure pour ce poste.

– Laisse-moi y réflé...

– Coché!

Je suis d'une incompétence sidérante. Incapable de dire **clairement** non. Même quand je suis convaincue d'avoir refusé, les gens comprennent que j'ai accepté! Voilà la cloche qui sonne, maintenant.

– On va s'en reparler! promet PVP en s'éloignant.

Un **COURRIER** du cœur. Et c'est moi qui vais donner des conseils? La fille à qui le chum exilé en Finlande ne répond jamais. Suis-je la seule à remarquer à quel point c'est *foule* incohérent?

À la pause. **PVP** me prend à part, avec l'air d'un espion **RUSSE** en mission secrète aux États-Unis. NON. Je répondrai NON! Quelle que soit sa question. Mes **neurones** sont au garde-à-vous. NON!!!

– Léa, laisse-moi préciser une chose à propos du courrier du cœur.

– Euuuh... (Mes **neurones** ont freiné. Un «non!» n'avait aucun rapport, ici! Faut quand même écouter la question avant de répondre...)

– Ta collaboration à *La Gazette* doit rester secrète. (Ça explique sa face d'espion en pleine **GUERRE FROIDE**...) Tu n'en parles à personne.

– Sois sans crainte!

Je n'avais pas l'intention de *twitter* la nouvelle à **TOUTE** la planète.

– Même pas à Lily !

– Surtout pas à Lily, ai-je approuvé, peut-être un peu trop vite.

Aucune envie de m'HUMILIER devant ma *BFF* à cause de *La GaZzzette*. Lily se **moquerait** trop de moi !

– Coché ! Faudra voir la prof de français. C'est elle qui supervisera notre travail, précise finalement le très organisé PVP.

Au point où j'en suis…

La prof de français présente le *rédacteur* en chef de *La GaZzzette estudiantine* qui a une annonce  à faire. Philippe est déchaîné, aujourd'hui !

– Je vous rappelle que *La Gazette estudiantine* célébrera ses dix ans de publication cette année. (Lancelot CHANTONNE «Bonne fête GaZzzette» ou je rêve ?) Nous sommes toujours à la recherche de journalistes, déclare PVP sur un ton solennel. Je vous invite personnellement à soumettre vos idées de chroniques. N'oubliez pas, cette expérience enrichira votre curriculum vitæ. (Il y croit, en plus.)

Pendant que **PVP** termine sa présentation, la prof **opine** de la tête, convaincue elle aussi qu'une participation à la célèbre *GaZzzette* fera de

Ⓦ Ⓞ Ⓦ Ⓢ des Superman[7]. Ils se sont tous donnés le mot!

– Cette année, *La Gazette* présentera un courrier du cœur (agitation dans les troupes). Le courrier du cœur de madame Elle! (C'est moi, madame Elle? C'est quoi, ce nom sorti de nulle part? *Madame Elle*! *Thumbs down* pour PVP…) Madame Elle attend vos questions avec impatience. Ⓛⓔⓢ ⓝⓔⓡⓕⓢ, Philippe! Je capote pas à ce point-là!) Vous pouvez déposer votre lettre dans la boîte qui a été prévue à cet effet à la vie étudiante. Demandez à madame Carouby! Voici aussi son adresse courriel : courriermadameelle@gmail.com.

Lily me regarde, crampée. Elle aussi, elle trouve que le ♥Ⓒ♥Ⓞ♥Ⓤ♥Ⓡ♥Ⓡ♥Ⓘ♥Ⓔ♥Ⓡ du cœur, ça a pas rapport! Et je lui dévoilerais l'identité de *madame Elle*? JAMAIS. DE. LA. VIE! La prof de français remercie PVP en souriant. Lancelot me tend son ⒶⒼⒺⓃⒹⒶ. Qu'est-ce qu'il a écrit?

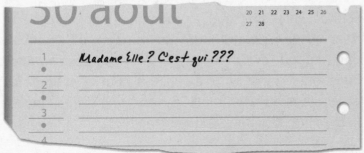

30 août

20 21 22 23 24 25 26
27 28

1 Madame Elle? C'est qui ???
2
3
4

---

7. Faut jamais oublier une chose : dans la vraie vie, Superman, c'est Clark Kent, un journaliste timide mais mignon à l'emploi du *Daily Planet*.

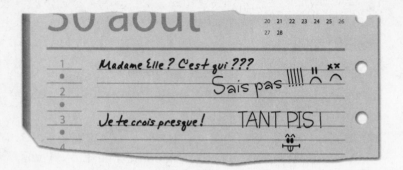

Lancelot m'énerve avec ses questions et ses airs de Sherlock ━❽H❾━❽O❾━❽L❾━❽M❾━❽E❾━❽S❾!

La prof indique ensuite que, cette année, c'est elle qui sera chargée de la supervision de *La GaZzzette*. En parlant, elle me **FIXE** avec intensité (**PVP** lui a déjà annoncé que j'acceptais le poste de madame Elle ou elle a surpris l'échange d'agenda?). Personne n'est tombé en bas de sa chaise après ce *scoop*. Je le sais. J'ai vérifié. Enfin (dans le sens de «pour conclure»... personne n'avait si hâte que ça), elle nous avise qu'on doit commencer à lire le roman *Les rivières pourpres*.

Réaction: **GROGNEMENTS** découragés, qui se sont accentués lorsque la prof a mentionné que le film français (au secours!) tiré du roman était vraiment différent du ⬚L⬚ ⬚I⬚ ⬚V⬚ ⬚R⬚ ⬚E⬚ et que certaines questions du test ont été conçues pour débusquer les arnaqueurs qui voudraient se faire une soirée ciné au lieu de lire. Elle nous connaît trop bien...

À la fin du cours, la prof a demandé à nous voir, PVP et moi. Lancelot a donné un **COUP** de pied sur la patte de ma chaise en **gloussant**. J'ai écrit «NONO!» sur un P A P I E R que je lui ai refilé en douce. (Agenda = risque maximal à cause de la prof qui m'épie.) Il a frappé deux fois plus fort. **Nono au carré!**

– Léa, Philippe m'a dit que c'est toi qui te cacheras derrière madame Elle? *chuchote* la prof.

– Euuuh... oui, murmuré-je comme si c'était le secret de la Caramilk.

– Bien. Je vous mets au courant des règles. Je réviserai tous les textes avant publication. La forme et le fond, sent-elle le besoin de **PRÉCISER**.

– Cette année, Léa, *La Gazette* sera aussi publiée sur le site Web de l'école. Cette révision prend donc tout son sens, puisque les parents d'élèves pourront lire le contenu de notre journal, ajoute le rédacteur en chef, plus *téteux* que jamais.

La prof de français l'appuie à deux cents pour cent. J'ai dit que j'étais **CONTRE**, moi ? On est à l'école, les **RÈGLEMENTS**, c'est une tradition inébranlable !

– Normal, ai-je conclu parce que c'est la seule chose que je pouvais dire dans les circonstances.

– On se souhaite une bonne année ? termine la prof, enthousiaste.

– Bonne année ! ai-je lancé trop joyeusement.

Tuez-moi maintenant !

Dans le **BUS**, je demande à Lily ce qu'on fait ce week-end. Elle me tend son agenda pour déjouer la vigilance de **Moucheronne**, qui est to-tal **INSUPPORTABLE**.

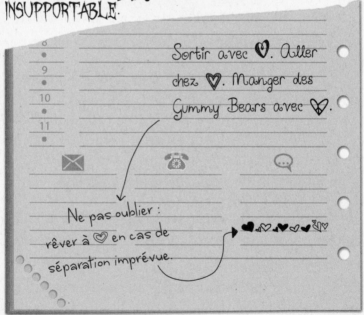

Soupir

Guide d'interprétation de ma question (parce que Lily en a vraiment besoin) : le « on » excluait (trop) subtilement ♥, la merveille des MERVEILLES ! Mais si je comprends bien, je ne fais pas partie des plans de ma *BFF*. Je suis déçuuue.

– Lily et Guillau-meee, assis sur une bran-cheee, chante Moucheronne en frottant le bout de ses index l'un contre l'autre pour simuler un baiser passionné.

Moucheronne nous tape sur les nerfs avec sa chanson trop deuxième année du PRIMAIRE PRÉSCOLAIRE... mais elle résume quand même très bien la situation.

– MEG, TAIS-TOI !!! hurle Lily, rouge comme une tomate.

Qu'est-ce qu'on fait quand son amoureux est en **FINLANDE** et que sa *BFF* est trop amoureuse ? On rédige son devoir de français. Quinze **LIGNES** sur les difficultés de la langue française. 1) Trouver les causes. **Faf !** On ouvre n'importe quelle grammaire ou le Lafrousse, et les réponses sont là ! 2) Trouver les solutions. Pas *faf* du tout...

Je sais pas, moi. Demander à une bonne 🧚🧚🧚 marraine d'agiter sa baguette magique dans le but de réconcilier le participe passé et le verbe « avoir » une fois pour toutes ? **Ben quoi !** C'est imagé !

31 AOÛT

8 h 22. Sur **Facebook** avec **Antoine**. Il a encore changé sa photo de profil. Il est toujours aussi **BEAU**. Il a plein de nouveaux amis. Et il répond à mes **MESSAGES** !

Léa

Tu fais quoi, ce week-end ?

Antoine

Entraînements de soccer. Réunion d'information (*in English, of course*) pour un demi-Ironman[8]. Suis encore en vacances, moi. L'école internationale commence à la mi-septembre… KC !

Léa

Trop KC ! J'ai des devoirs !!! Mortel !

U !

À+, ma mère m'appelle !

Antoine

U2

Tchawwww !

---

8. Une épreuve de triathlon qu'à l'évidence, je ne ferai jamais. Vous doutez de cette affirmation ? Qui a envie de nager sur une distance de 1,93 km, puis de sortir du lac (finlandais, faut-il le préciser) trop froid pour rouler à vélo le plus vite possible pendant 90 km et, comme si ce n'était pas suffisant, de lancer son vélo dans un bosquet pour parcourir une distance de 21,09 km à la course ? Un maringouin a clairement contaminé mon bel amoureux.

J'entre dans la cuisine. Ma mère boit son café en feuilletant le **JOURNAL**. Elle lève la tête et me sourit. Mon premier réflexe, c'est de lui faire un bisou sur la joue. J'ai stoppé mon élan à mi-parcours. Je trouve ça pas rapport, tout d'un coup, d'embrasser ma mère pendant qu'elle sirote son **CAFÉ**. Je n'ai plus sept ans, quand même. Et c'est pas son anniversaire.

Elle me parle de *La Gazette* (les nouvelles vont trop **VITE**!) et de la présidence de la classe. **GRRR !** Ça mérite un bisou, ça? **Euuuh**, non! J'ai bien fait de suivre mon instinct!

– Maman, j'ai pas envie de lire les communiqués, cette année. Le secondaire quatre, c'est très difficile, tu sauras. Je veux me concentrer sur mes études, surtout sur les math. Et le français, aussi, ai-je ajouté **rapidement** pour montrer que je sais établir les priorités.

J'ai quinze ans. Je suis tellement plus mature qu'en secondaire trois. (*Foule* normal!) La **PRIORITÉ**, ce sont mes études. Et mes ongles. Pas besoin de souligner ça à ma mère. Les **ONGLES** ne l'ont jamais passionnée.

– Léa, la lecture des communiqués nuirait à tes études? lance-t-elle avec étonnement.

– T'oublies *La Gazette*. Ça va prendre plus de temps que l'an dernier, rétorqué-je du tac au tac.

– Elle ne compte que quatre numéros par année, c'est rien. (C'est bien suffisant!) Tu peux faire ça les yeux fermés, je te connais.

Elle est **FORTE** en argumentation, ma mère, surtout le **CMATION**!

– C'est mieux d'ouvrir les yeux quand on écrit, on fait moins de fautes, ai-je répliqué en hochant la tête de haut en bas sans raison valable.

– Je savais que tu dirais oui! Je suis tellement fière de ma grande fille, conclut ma mère avant d'être interrompue par son cell.

Fin de l'histoire??????????????? J'ai prononcé le mot «oui», moi? **Aucun souvenir!** Elle a interprété mon mouvement de tête pour une réponse positive? En tout cas, je voulais dire non. **Ouate de phoque!!** Bon, je pourrai pas m'obstiner, parce qu'elle et Machiavel, son ennemi juré dans cette **galaxie**, débattent vivement d'une idée totalement insignifiante et ils en ont pour des heures. Ma mère sera dans tous ses états pendant le reste du week-end. **Argggh!**

Comment ma mère a-t-elle réussi à me **PIÉGER** comme une novice? Parce que… je suis en manque flagrant de **CHOCOLAT**! Direction: chez Lulu. Il doit rester des brownies sous la cloche de verre que je lui ai offerte pour son anniversaire. Si Herménégilde ne les a pas tous bouffés…

Après avoir dégusté les **MEILLEURS** brownies du monde entier et bu un verre de lait, j'ai peint mes ongles en rose vif. Pas facile, de la main gauche. Faut se concentrer pour ne pas dépasser. C'est comme du **COLORIAGE** sauf que, si on rate son coup, tout le monde le constate tellement ! Après, j'ai dessiné des petits pois blancs, et **LULU** a trouvé ça très chic, alors elle m'a demandé de lui faire la même chose. Elle buvait du thé vert (du jus de **GAZON**) parce que dans son magazine préféré, on dit qu'il n'y a que ça de bon.

On a jasé. Je lui ai parlé de mon père et de sa fixation sur mes traîneries. Depuis la fin de l'été, il est toujours sur mon dos avec le ménage et mes **AFFAIRES** qui ne sont jamais à la bonne place, selon sa façon adulte de voir la vie.

Lulu a pouffé de rire et elle m'a raconté que mon père, à mon âge, était le **ROI** des traîneries, ce qui rendait son frère jumeau totalement fou. *Quoi ?* Mon père m'a transmis le gène du désordre ?! C'est lui, le coupable, alors ? C'est bon à savoir !

Je ne peux pas y croire. *Madame Elle* a déjà une demande. La tournée des classes qu'a effectuée **PVP** a été ~~très~~ trop efficace.

Allô, madame Elle!

Je suis allée dans un camp de vacances, cet été. J'ai rencontré un gars tellement cool! Le dernier soir, autour du feu, il a fait griller mes guimauves (super bien) et il m'a embrassée. On a échangé nos adresses de courriel et il m'a donné son t-shirt du camp. On sort ensemble! On a promis de s'écrire et de se revoir. Je sais pas trop comment on y arrivera, parce qu'il vit à trois cents kilomètres d'ici. En attendant, je lui ai envoyé sept courriels et je dors avec son t-shirt, parce que ça sent lui. Aucune réponse. Ma meilleure amie croit qu'il ne sort pas vraiment avec moi. Comme elle n'a jamais eu de chum, j'ai besoin d'un autre avis. Toi, t'en penses quoi?

Cœur de guimauve

QUOI? Je suis pas la seule à me poser ce genre de questions?! C'est rassurant. Mais mon cas est un peu différent, tout de même. Antoine et moi sommes SORTIS ensemble pendant plus d'un an. Elle? Pendant un FEU de camp...

Coin-coin et
bonbons

– *Qué sé passa*, Philippe ? je demande à PVP, qui a l'air d'attendre la fée des dents, debout devant mon casier que je devrais **décorer**.

– On dit *Qué passa*, Léa, mais tu blaguais, hein ?

Soupir

– Léa, j'aimerais te parler. Te demander... un genre d'avis..., m'annonce-t-il.

Ouate de phoque ! PVP me demande conseil ? Je rêve. Je suis à l'école (dans ce cas, c'est pas un rêve, plutôt un **CAUCHEMAR**). Est-ce que je porte mon uniforme, au moins ? Même en songe, je ne voudrais pas m'exhiber avec mon pyjama Porcinet devant toute l'école. Ou pire, me balader nue dans le corridor rempli d'élèves qui ricaneraient sur mon passage. Rêve que je fais trop souvent, d'ailleurs. Je baisse les yeux vers... mon **polo** toujours aussi informe. **OUF !** Je porte mon uniforme. Donc, tout est **sur la coche** !

– Confie-toi, Philippe ! déclaré-je en riant. Ça reste entre toi et moi !

Il m'a regardée **BIZARREMENT**. Qu'est-ce que j'ai dit encore ?

– Léa, euuuh, voudrais-tu qu'on soit ensemble, cette année ? me demande-t-il en rougissant jusqu'aux oreilles.

OhMonDieu! Ce que je viens d'entendre fait flipper mes **neurones**. Il a prononcé le mot «ensemble»??? **Comme dans... sortir ensemble? Lui et moi? Moi et lui?** Je regarde la porte de mon casier. J'envisage sérieusement de me tapir dans cet espace plus obscur que la caverne humide de Gollum[9]. J'ai chaud! Je vais me **DISSOUDRE**. Léa, re-la-xe! Il. A. Pas. Vraiment. Dit. Ça!??!??

– As-tu dit que tu voudrais qu'on sorte ensemble, Philippe? ai-je balbutié comme un **ROBOT**.

PVP rougit encore plus. Oh. Mon. Dieu! J'ai bien entendu. **Ouate de phoque!** J'ai tellement **chaud**. Ma dissolution a commencé.

– N... non, Léa, tu m'as mal compris, rétorque-t-il, étonné. J'aimerais être président de la classe cette année.

– Quoi??? T'as jamais prononcé le mot président!

– Sois attentive, c'est sérieux. Je suis pas certain que les gens voteront pour moi (**Hummm...**), parce que j'ai un petit problème d'image. (Ta déclaration au sujet de la pièce en art dram n'a pas aidé ta cause!) Alors, j'ai pensé à quelque chose, cet été. On va voir le prof de math. Notre titulaire, là. (Je suis **perdue**, mais pas tant que ça.) Pour lui proposer d'être deux présidents de classe. Une opération à deux cerveaux, tu

---

9. Hobbit (mutant?) vivant dans une caverne. Gollum possède l'anneau magique que Bilbo va lui prendre parce que c'est ça l'histoire.

comprends? (Un **CERVEAU** et quart serait beaucoup plus près de la réalité!) Il pourra pas refuser.

– ...

– On se présenterait ensemble, Léa. Nous deux!!!

J'ai certainement l'air d'un ZOMbie. Seul air disponible après une gaffe aussi humiliante. Extralucide, PVP sent le besoin d'en rajouter.

– Toi et moi!

– Et pourquoi pas Zoboomafoo? (...) C'est une blague, Philippe! T'écoutais pas l'émission, toi?

– ...

– ...

– Faire quoi ensemble? Faire quoi ensemble? lance Karo en surgissant entre nous comme un CLOWN sortant d'une boîte à surprise.

Karo, tu sauras jamais à quel point je suis heureuse que tu te mêles de nos affaires. **Merciiiiiiiiii!**

La cloche sonne. Ça va me donner le temps de réfléchir à la proposition de Philippe. Et surtout, mes joues auront (peut-être) le temps de DÉROUGIR un peu.

Le retour à la normale sera long parce qu'en entrant dans notre BOCAL, Lily s'esclaffe devant mon expression *flabbergastée*. Ce n'est rien si je compare à la réaction qu'elle aura quand je lui raconterai ce qui vient de m'arriver...

Je suis aux toilettes avec Lily. Nous sommes seules. Vous savez comment on fait pour savoir s'il n'y a personne aux toilettes? Oui? Alors, pas besoin de décrire la procédure. Lily **BRICOLAIT** un **COIN-COIN** en papier pendant le cours. Je lui ai demandé pourquoi. Elle a refusé de me répondre. C'est secret!!!

Je lui ai tout révélé au sujet de ma méprise monumentale avec **PVP**. Quand je m'entends raconter la scène, je n'y crois pas moi-même. Je devais être possédée. Lily s'est étouffée avec une framboise et j'ai dû lui taper dans le dos pour lui sauver la vie. Elle a finalement repris ses **esprits**, mais ça n'a pas paru car elle riait toujours autant. De moi, je crois, parce que nous sommes encore seules ici.

– T'as pas fait çaaa? Je te crois teeellement paaas, hoquette-t-elle.

– Tellement *space*!!!! Je sais pas à quoi je pensais.

– Dans le fond, ma chou, c'est peut-être ça que tu veux. (Quoi???) Sortir avec PVP, je veux dire. (**Ouate de phoque!!!** J'avais bien compris!) Antoine est loin (bien vu!). Distance et discrétion, ça te manque probablement. C'est ça! (Lily a **CRIÉ**.) C'est une bulle d'inconscience qui a éclaté dans ta tête. Sploutch! mime ma *BFF*. Une gaffe comme ça, ça parle! Ça s'époumone, même. Faut l'écouter, Léa.

Je regarde mon ex-**chou**, estomaquée. Mes **gaffes** me parlent? Seule solution envisageable:

me boucher les oreilles! Je jette le **PAPIER** avec lequel j'ai essuyé mes mains dans la poubelle et me dirige vers la porte. Lily est com-plè-te-ment cinglée. Elle a tout compris de **travers**. Moi et **PVP**? PVP et moi? C'est. Du. Délire!

Pourquoi est-ce que la journée DÉRAPE autant que ça?

Pendant le cours de math, le prof a annoncé que les  pour la présidence auront lieu vendredi. Il a demandé qui était intéressé à se présenter. **Philippe** a sauté au plafond en agitant son long bras tout en me regardant fixement. Lily m'a dévisagée en mimant son ~~SPLOUTCH!~~ (Calme-toi, la **BULLE**!) Océane a levé un doigt hésitant. Océane? Émilie a simulé une envie de vomir. Lancelot m'a vite refilé son agenda.

5 septembre

1. Léa : Save Our Souls !!!!!!!!!!!!!!!!
2.
3. *Soupirs* à la puissance mille !
4. Love U
5. Ha! Ha! Ha!
6.
7.
8.

Ils ont raison. Océane-la-banane? *Nope!* Pas question. J'ai levé la main et regardé **PVP** en faisant oui de la tête. Il a secoué son bras comme si une COULEUVRE se cachait dans la manche de sa chemise. Océane a laissé tomber ; elle a compris qu'elle n'est pas de **taille**.

– Bon, vous voterez vendredi, conclut le prof de math. Avez-vous des questions sur le devoir d'hier ?

Je suis dans ma chambre. Devoirs presque finis. Je fais une pause Facebook. ANTOINE y est peut-être.

Léa
Antoine, j'ai fait la gaffe du siècle.

MIRACLE ! Il est en ligne !

Antoine
??? T'exagères pas un peu ?

Léa
PVP veut qu'on soit coprésidents de classe.

Antoine
C'est ça, ta gaffe ? *LOL*

Léa
Je pensais qu'il voulait sortir avec moi !

Antoine
??????????????????????????????????
LOLLLLLLLLLLLLLLLLLLLLLLLLLLLLLL !

Léa

Ben là, c'était pas clair !

Antoine

Phil ? Pas clair ? Super *LOLLLLLLLLLLLLL*

Léa

Tu peux rire ! À+, je vais à l'école, MOI !

Antoine rit de moi ? Il rit bien. Ses réponses me rappellent que Cœur de **GUIMAUVE** n'a pas la même **chance** que moi...

Chère Cœur de guimauve,

Je ne suis jamais allée dans un camp de vacances (les bibittes à cent pattes qui s'y promènent en liberté, ça ne m'inspire pas confiance).

Une année, ma mère m'a inscrite au camp de jour de mon quartier, pendant l'été. C'est la dernière place au monde pour faire des rencontres aussi romantiques que la tienne, parce que : 1) on n'y fait jamais de feu de camp (c'est en plein jour, tsé !) et 2) les gars y sont, comment dire ?, pas très mystérieux. Alors, je t'envie un peu.

En réfléchissant à ton histoire, j'ai compris qu'un camp de vacances, c'est comme des parenthèses. Ouvre la parenthèse. Il y a un feu de camp, le baiser d'un gars cool, son t-shirt qui sent bon et son adresse de courriel. Ferme la parenthèse.

Dans le film *L'attrape-parents*, que j'ai vu sept fois avec ma *BFF*, les jumelles ont aussi fréquenté un camp de vacances. Au moment de partir, une fille promet à sa *BFF* du camp qu'elle lui téléphonera tous les jours.

Les sept fois que j'ai entendu cette promesse, je me suis demandé si elles s'étaient parlé au moins une fois. « Pourquoi pas ? », tu me diras. Parce qu'on a tous une vie à nous. Quand on la retrouve, on oublie souvent ce qui était entre parenthèses.

Tu veux connaître mon avis sur ta « relation » avec ce gars, alors, le voici : si la vie est un *scrapbook* géant dans lequel on colle des souvenirs, la page consacrée à ton été est pleine. Tu peux passer à la page suivante.

P.-S. : La danse de l'automne approche, qui sait quelles surprises elle pourrait te réserver ?

De tout cœur avec toi,

Madame Elle

Question. Est-il temps de **FERMER** la parenthèse « **Antoine** »? **Tellement pas.** Il m'a
répondu, ce soir. Tsé.

4 SEPTEMBRE

Dans le bus. **PVP** s'est assis dans le banc devant moi,
il doit vouloir qu'on prépare notre argumentation. On
rencontre le prof de math, ce matin. **Objectif :** lui
proposer une **présidence** bicéphale. (C'est de
Philippe, ce mot *foule space*. Pas de moi !)

La journée commence sur les **CHAPEAUX**
de roue, selon lui. S'il le dit... Puis, il se lève et repart
vers sa place préférée, derrière monsieur Gilles, qui en
a profité pour lui rappeler le **CODE DE VIE** : on ne
déambule pas dans un autobus en marche.
KC !

Lily, qui a frappé ma jambe droite pendant toute
ma « réunion » avec PVP, me prend mon agenda des
mains. À l'intérieur, j'ai dessiné un **monstre** à
deux têtes qui ressemblent vaguement à E.T.

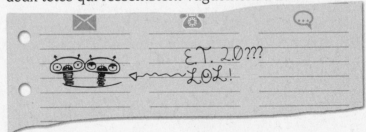

E.T. 2.0 ???
LOL !

Lily s'esclaffe et me propose enfin de tester son **COIN-COIN**.

– Choisis un chiffre entre deux et cinq !

– Deux ! ai-je répondu en pensant à Antoine.

Je sais. Chiffre super *téteux* de petit **COUPLE** **fusionnel** comme Lily et Guillaume ! Mais je vais pas bouder un chiffre que j'aime parce qu'**ANTOINE** est en Finlande. Ce serait **STUPIDE**.

– Choisis un bonbon ! poursuit Lily en me proposant les mots caramel, réglisse, jujube ou guimauve.

– Caramel, je lance, très intriguée.

– C. A. R. A. M. E. L. OK ! Ta prédiction ? Tadaaam !

L'amour est un champ de bataille. Arme-toi !

– Qu'est-ce que tu veux dire au juste ? je réplique en riant. Je comprends tellement pas !

On a pouffé. **Moucheronne** dormait, alors on a eu la **PAIX**. Lily m'a raconté son week-end sans que sa sœur essaie de lui voler la **VEDETTE**. J'ai tout su. Guillaume le super *DJ*. Guillaume qui commande cinq pogos au casse-croûte. Guillaume en skateboard[10]. Guillaume classant ses nombreux **arisades**. Blablabla. J'ai écouté, j'ai souri, j'ai commenté, hoché la tête, mais bon, c'était ~~un peu~~ *foule* ennuyant. Pour passer le temps, j'ai barbouillé une des deux têtes de E.T. pour qu'il soit plus fidèle à la réalité.

Question à moi-même : est-ce que j'envie Lily parce que son **AMOUREUX** est ici et pas ailleurs ? C'est certain !!!

PVP et moi, nous avons présenté notre plan d'**enfer** au prof de math. Il nous a regardés, s'est passé la **main** dans les cheveux, puis a déclaré :

— Parfait ! Pas de vote à tenir, on va sauver du temps. Si vous croyez être capables de vous entendre jusqu'au mois de juin (**Oh ! Mon ! Dieu !** J'avais pas pensé à ça !), moi, ça me va.

— Monsieur, nous travaillons ensemble depuis longtemps. (🎸) N'ayez crainte, nous nous montrerons dignes de votre confiance, déclare le nouveau coprésident des *Verts* de secondaire quatre.

— C'est comme il a dit, ajoute la brillante coprésidente des *Verts* de secondaire quatre pour ne

---

10. Je sais ! On dit planche à roulettes. Ma mère me l'a répété pendant les vacances. Ou encore : rouli-roulant. Le mot le plus *téteux* du dictionnaire. Ma mère m'épuise parfois. Rouli-roulant ! Avouez que ça fait dur !

pas avoir l'air 𝕟𝕦𝕝𝕝𝕖 aux côtés de l'extraordinaire PVP.

On dirait que je n'ai pas vraiment atteint mon objectif: le prof a gloussé! Heureusement que la 𝕮𝕷𝕺𝕮𝕳𝕰 a sonné au même moment. Nous sommes allés à nos places, le prof a annoncé notre élection et tout le 𝕸𝕺𝕹𝕯𝕰 nous a acclamés. C'est comme ça que la semaine a commencé. J'ai rougi parce que c'est ce que je sais faire de mieux, dans ces cas-là.

À la pause, j'ai accompagné **PVP** à la vie étudiante. Nous avons annoncé cette extraordinaire nouvelle à madame Carouby, qui ne se possède plus depuis. PVP lira les mémos la semaine prochaine. (Gracieuseté de **ROCHE** - 𝖕𝖆𝖕𝖎𝖊𝖗 - 𝕔𝕚𝕤𝕖𝕒𝕦𝕩!) Il. Ne. Se. Possède. Plus. Lui. Non. Plus. Madame Carouby en a profité pour me remettre une 𝕝𝕖𝕥𝕥𝕣𝕖 adressée à *madame Elle*. Calmez-vous! Faut que j'étudie, aussi.

Le reste de la journée a été plutôt tranquille. C'est une bonne chose. Les émotions fortes, ça me perturbe.

Léa

Antoine, c'est fait! Je suis coprésidente des *Verts* avec Phil. Tu devineras jamais. Il a proposé une présidence « bicéphale » au prof. T'aurais dû voir la face qu'il a faite!

♥U

Son **silence** me rappelle Cœur de guimauve.

J'ai vérifié mes messages trois cents fois. Dernière vérification à 23 h 59. Rien. **Antoine** n'est pas là. **SNIF !** Bonne nuit.

5 SEPTEMBRE

Après le lunch. Nous sommes tous dans le corridor, attendant que la cloche sonne pour regagner notre **BOCAL**, parce que personne ne brûle d'envie d'y retourner. On rit, on **DANSE** et on scande des comptines en tapant dans nos mains.

Brisebois passe entre nous et les **larmes** me montent aux yeux. Je n'y peux rien, je pense à toutes les fois où elle nous a *distance-et-discrétionnés*, **Antoine** et moi. J'avais une **vie** dans ce temps-là.

C'est à ce moment que Lily a l'idée de sortir son **COIN-COIN** extralucide pour nous distraire. Karo choisit le quatre, puis le mot réglisse.

Coup de foudre avec un joueur de boulingrin aux cheveux frisés.

52

– L'oracle a parlé, ma Karo, a déclaré Lily. C'est comme ça et pas autrement !

Nous avons éclaté de rire. Pas Karo, qui semblait plutôt perdue. Elle ignore certainement ce qu'est le boulingrin[11]. Ou elle comprend que la prophétie vient d'écarter **PVP** car il n'a pas les 𝒸𝒽𝑒𝓋𝑒𝓊𝓍 frisés et ne pratique certainement pas ce sport (ni aucun autre, d'ailleurs). Karo devrait se concentrer sur l'essentiel : Lily lui a prédit un coup de **FOUDRE** ! Ce n'est pas à négliger. J'aurais aimé que le coin-coin me fasse la même. 𝔸ℕ𝕋𝕆𝕀ℕ𝔼 me répondrait peut-être. J'ai demandé son avis à Lily à propos du silence de mon chum. Elle m'a donné un (S)(K)(I)(T)(T)(L)(E)(S) sans dire un mot.

Je suis chez moi. Je tente de faire tous les devoirs *pochissimes* qui nous sont tombés dessus comme un O U R A G A N sur la Floride. Entre deux vérifications de mes messages sur Facebook, évidemment. Toujours RIEN.

Quelle collation je pourrais prendre ? Une pêche ou un yogourt ? Hum… Je sais pas trop. Tiens, mon père doit avoir f a i m, lui aussi, le voilà qui entre dans la cuisine. Pas son vieux pyjama vert ! Beurk !!!

– Allô, papa !

---

11. Cousin anglais de la pétanque, qui se joue sur une surface gazonnée. L'âge des joueurs varie entre quatre-vingt-sept et quatre-vingt-treize ans.

Si je me fie à son air vraiment **bête**, il est affamé.

– Grommmbeul! Léa, tu as eu tout l'été pour te ramasser. (**Quoi?**) Et ça traîne encore partout. Regarde là: des bouteilles de vernis à ongles (il y en a **DEUX**!), un magazine (ah, il était là! Merci!), du papier (c'est mal, recycler au lieu de jeter? **Pfff!**), des livres (**CADEAUX** de mamounette! Mais ils sont tellement plates... Je pourrais les refiler à **LULU**)... Ramasse-moi tout ça. Ton bazar (**???**) est insupportable. Dans mon temps... (tu ne portais pas de vernis à ongles rose vif, rassure-moi!) **blablabla**...

Mon père. Adepte des sciences exactes et, plus récemment, du rangement. Il **JAPPE** comme ça, mais il finit toujours par se **calmer**. Suffit d'être patiente.

– Papa, j'ai trois devoirs à compléter. Tu as toujours affirmé que l'école, c'est la priorité. Il est 21 h 09. C'est tard, ça. (Aucune réaction!) Tu veux que je me couche à quelle heure? Minuit? ai-je répliqué, peut-être un peu trop fort.

Ben quoi! Je m'entraîne pour mes cours d'art dram. Quand on change de ton, ça fait de l'effet sur notre auditoire.

– Léa, ramasse-toi, j'ai dit! a-t-il riposté en haussant la voix, lui aussi.

DU CALME! Pas besoin de crier!

– Tu veux que je coule mon secondaire quatre, c'est ça? (Respiiiire, Léa. Exercices de projection de la voix = **coché!** Passe à autre chose.) Je vais ramasser. Inquiète-toi pas. Mais tu signeras les billets blancs que je récolterai parce que je n'aurai pas fait mes devoirs. Je ferai de la retenue, peut-être même de la copie! (En prime, ma meilleure face de **MARTYRE**.) Oublie pas que je suis coprésidente de la classe. Je suis censée donner l'exemple... (Ici, j'ai fait ma face d'**ANGE**!) Mais si c'est ça que tu veux... En plus, le désordre, c'est génétique, tu sauras. (Il n'ose pas protester, étonné de constater à quel point je suis bien informée.) C'est le prof de sciences qui l'a dit, je pense! ai-je ajouté pour protéger ma source.

T'es forte, Léa. **10/10!**

– Léa, je ne sais plus comment te parler, soupire mon père en se frottant le menton.

Ne pas dire de niaiseries = la meilleure option disponible! Il m'a souhaité une bonne nuit, puis il est allé se coucher. À noter: pour **NOËL**, lui offrir un pyjama décent! À noter (bis): il a laissé un verre de lait **VIDE** sur le comptoir!!!

C'est génétique, le **désordre**, j'y peux rien (verre vide = preuve scientifique). C'est Lulu qui l'a dit. Puis, mon père exagère. Ça traîne pas tant que ça! Je me retourne. Bon. Il a peut-être pas totalement tort. Mon «**BAZAR**» s'éparpille un peu. Je ramasse quelques objets. Une fois dans ma chambre, zou!, je glisse tout ça sous mon lit. Je rangerai plus tard! Parce qu'il est 21 h 18 et, pour le moment, ma priorité, c'est le devoir de sciences. Note à moi-même: me

CONCENTRER pendant le cours afin de pouvoir étudier pour devenir généticienne. Je découvrirai le gène du désordre. Ça me rendra célèbre dans le monde entier et je ferai la première page du *Paris Match*. Mon père regrettera de m'avoir **INJUSTEMENT** traitée. À+.

Antoine
Félicitations ! T'es la meilleure !

C'est tout ? Il avait rien à me raconter ? Il a jamais **BEAUCOUP** parlé, mais là...

Je sors ma lampe de poche. Je fais notre signe secret en direction de chez Lily, qui a compris tellement vite que le téléphone **SONNE** presque instantanément. Même pas eu le temps de décrocher à la première sonnerie. Donc, ça a réveillé mon père, qui vient de **hurler** mon prénom ! De mieux en mieux.

— Ma chou ! Qu'est-ce que t'as encore fait ?

— C'est Antoine. Je pense qu'il n'est plus mon chum. En plus, il reste trois cent trente et un jours avant son retour !

— Tu comptes les jours ?

Elle ne les **COMPTERAIT** pas, elle, si Guillaume, alias ♥, était exilé au pôle Nord ? **Pfff !**

— Tu devrais vraiment lire nos messages Facebook. Pa-thé-ti-que.

– Ma chou, tu capotes toujours avant d'aller dormir, c'est pas bon pour ton insomnie. T'es fatiguée. Va te coucher.

– Tu me comprends teeellement pas...

Lily a tenté de me rassurer. Elle m'a dit des niaiseries (comme la possibilité que les courriels d'**Antoine** aient été aspirés par le **TRIANGLE** des Bermudes) et on a raccroché en même temps. La **Finlande**, c'est trop **LOIN**.

6 SEPTEMBRE

OhMonDieu! C'est lui, le nouveau **PROF** de gym? Sabine avait raison. Il. Est. Tellement. Beau. Et *chill*[12]. Il nous explique ce qu'on fera cette année. Pas d'acrogym. À la place, on inventera une chorégraphie de danse. En équipe ou seul, **HIP HOP**, ballet, contemporain ou martien, il s'en fiche. À nous de voir. Trop *chill*!

Lily se tourne vers moi. Je la regarde en souriant. Elle **MONTRE** Guillaume en me faisant un air trop désolé. Disparu, le sourire. J'aurais dû m'en douter! Guillaume dans notre classe = Lily ne voit personne d'autre! Pas question d'être de trop avec ces deux-là...

---

12. *Chill*, c'est être plus que cool. C'est un peu pareil, mais différent aussi. En tout cas, je me comprends.

Ce serait comme essayer de danser ENTRE deux morceaux de papier COLLANT. Oubliez-moi !

Émilie me fait signe. Pourquoi pas ? Elle est , Émilie. Ce n'est plus vraiment le cas de Lily. J'aime pas ça. Je ne l'ai jamais abandonnée, moi. Elle ? Elle me laisse tomber au moment où j'ai le plus besoin de sa présence. Pfff ! J'ai pas beaucoup dormi et je m'énerve facilement, dans ce temps-là !

Après le cours de gym, photo de classe. Pire moment au monde ! Nous sommes rouges, en sueur et (argument massue) é-che-ve-lées ! Toutes les filles de la classe se retrouvent donc aux toilettes. On tente de se recoiffer et de se maquiller un peu en se BOUSCULANT devant le miroir de poche accroché au-dessus des lavabos. Vraiment, qui a établi un horaire aussi pas rapport ? Un gars, c'est évident.

Enfin ! Je peux m'entrevoir dans le miroir. Mes yeux ne sont pas trop cernés. Émilie est à côté de moi. Je la regarde du coin de l'œil. Elle se fait une COUETTE parapluie. Ouais. Sur le dessus de la tête, comme les bébés. Ensuite, elle met tous les efforts du monde à ébouriffer sa FRANGE au max. Autrement dit, elle s'arrange pour avoir l'air le plus fou possible. Et devinez quoi ? Ça lui va bien !!

– Émilie, tu vas te faire photographier comme ça ? que je lui demande, étonnée.

– Moi, les photos de classe, je trouve ça cave. Je me coiffe n'importe comment, juste pour niaiser. Si tu voyais ma photo de l'an dernier... malade! Cool, tes ongles, Léa, ajoute-t-elle en me donnant une **tape** sur l'épaule. Lâche pas! Ça va s'arranger avec ton Antoine.

– Tu dois avoir raison, ai-je répondu en regardant mes super ongles rayés.

Fond blanc. **Zébrures** rose vif. Pas mal! Je sais. Personne ne les verra sur la photo. Mais MOI, je saurai. C'est ce qui compte. En tout cas, je me comprends.

Émilie sera pas la seule à avoir l'air fou. Pour l'occasion, notre titulaire a mis sa chemise à **CARREAUX** (sans doute reçue en cadeau d'un sans-abri). Effort inapproprié pour nous laisser un souvenir to-tal nul! En plus, il porte sa cravate la plus *pouiche* (j'ai pas vu toutes les autres, mais je peux pas imaginer qu'il en possède une plus **LAIDE** que celle-là. Ça n'existe certainement pas): celle avec la face de Bob l'éponge. Il s'**habille** tellement mal. C'est épeurant!

Il n'y a que le photographe qui se prenne au sérieux. Il a jeté un œil méprisant à Émilie comme s'il allait vomir sur les souliers du professeur. Puis, il a demandé à Lancelot de cesser de faire des oreilles de **LAPIN** à **Océane**, qui a pouffé de rire comme une idiote. C'est son nouveau moi: avoir l'air d'une cruche pour cacher le fait qu'elle est (très) sérieuse.

Pour qu'on sourie, le photographe ordonne qu'on dise « SPAGHETTI » à l'unisson. Ouaip. Il a vraiment dit ça. Et nous, on a crié « pizza ». Ben quoi ! C'est au menu de la café ce midi et la pizza est meilleure que le *spag*. Choix facile à faire !

Il a fallu que notre titulaire nous menace molle-ment de nous donner un devoir supplémentaire pour qu'un calme relatif revienne dans les rangs. Résultat de la photo ? Émilie a fait un super AIR de bœuf. Lancelot a plissé les yeux trop fort et le prof a éclaté de rire. Le photographe va se souvenir de nous. Nous ? On se souviendra de notre secondaire quatre. GREEN 4 EVER !

Sabine a mangé avec nous, ce midi. Sabine, c'est tout le contraire d'Émilie. Pour la photo, elle a mis la couronne de FLEURS qu'elle portait au bal de fin d'études de son toujours splendide TACTAC. Elle la porte encore pour le dîner. Plusieurs Schtroumpfs l'ont regardée croche, ce qui lui a donné envie de PLEURER.

Émilie n'a pas dit un mot ; elle avait besoin de toute son ÉNERGIE pour être sidérée. Finalement, elle a conclu que Sabine fait partie des gens cool parce qu'elle a osé être elle-même, même si les Schtroumpfs sont convaincus qu'elle est *foule space* ! Nous, on la soutient parce que c'est notre amie et que les amis, ça sert à ça.

Ce soir, tout le monde a une vie, sauf moi. Lily assiste Guillaume, qui *anime* un party d'étudiants de secondaire cinq, tandis que *Juju* et monsieur H *jouent* au bridge au Club de l'Âge d'or. J'en profite donc pour répondre à la lettre de ma seconde cliente.

Madame Elle,

Ma sœur a un chum vraiment chill. Il est vieux (ben... en secondaire cinq, comme ma sœur.) (Il. N'est. Pas. Vieux. Alors!), *sportif* (**DANGER** d'exil en Finlande!) *et a de beaux cheveux* (tant mieux pour lui!). *Il me dit toujours allô en souriant quand il arrive à la maison. Je pense que je suis amoureuse de lui.* (**Ouate de phoque!** Tu me niaises!) *Est-ce que je devrait lui dire?* (Si tu veux t'humilier publiquement, **GO!**)

Madame Elle, je fait quoi?

Une fille mêlé

Ouate de phoque au cube! Cette fille est **folle**, pas mêlée. Elle veut que sa sœur devienne son ennemie jurée pour le reste de sa vie et même après? Le gars lui sourit parce qu'il est poli, c'est tout! Je pense à Guillaume. Il est poli avec **Moucheronne**. Il est pas **amoureux** d'elle! Faut savoir faire la différence.

Chère Fille mêlée,

As-tu déjà vu le film *Sissi* ? Moi, je l'ai écouté au moins mille fois. Dans ce film, l'empereur d'Autriche (Franz, de son petit nom) doit demander sa cousine Hélène en mariage. Lorsqu'il rencontre Elisabeth, la jeune sœur d'Hélène, il change d'idée. Au bal de fiançailles, il demande donc Elisabeth en mariage, et pas Hélène. Chaque fois, j'ai du chagrin pour cette dernière et je pleure quand Franz offre sa gerbe de roses rouges à Elisabeth. Tu devines la suite ? Consternée, Hélène pleure sa vie dans les bras de sa mère. Et on ne la revoit qu'une mini fois dans les trois films. Preuve de désolation totale !

Mais je m'égare, là. C'est un courrier du cœur, pas une chronique de cinéma. Je ne te dirai pas quoi faire. C'est pas mon style. (J'ai tellement envie, pourtant ! Ça se fait tellement pas, VOLER le chum de sa sœur ! C'est comme ça. Une autre règle non écrite. Je pense à Moucheronne et à Lily. Ma *BFF* serait ENRAGÉE.) Je te pose des questions, à la place :

1.   Es-tu certaine que le chum tellement parfait de ta sœur est vraiment amoureux de toi en secret ? Il est peut-être simplement poli. Ça existe, des gars polis. Imagine le cataclysme digne de *Star Wars* que tu déclencherais si tu confondais gentillesse et amour fou ? Ta sœur pourrait joindre le côté obscur de la Force. Grave conséquence à ne pas négliger.

2. Dormez-vous dans la même chambre, ta sœur et toi ? Si oui, es-tu prête à l'entendre gémir pendant mille ans à cause de la peine que tu lui infligerais ? Puis à subir son « attitude » pendant un autre millénaire ? Avoue que ça peut être long.

3. Le chum de ta sœur a-t-il un jeune frère ? Il est peut-être pas mal mieux que ce vieillard qui ne pense qu'au cégep.

Fille mêlée, je n'ai pas de sœur, mais je sais une chose : une sœur reste notre sœur toute notre vie. Ce n'est malheureusement pas toujours le cas d'un chum. (J'ai la gorge qui se serre quand je RELIS ma dernière phrase. Ça ne s'applique pas à ANTOINE et à moi, hein ?) Tu tiens à conserver une belle relation avec ta sœur, même si elle te tape sur les nerfs au moins mille fois par jour ? Oublie ce gars-là. Autrement, fais provision de bouchons pour les oreilles. Tu risques d'en avoir besoin !

Pense à ça,

Madame Elle

Qu'est-ce que je fais ? Je COURRIELLE mes deux réponses au rédacteur en chef ou à la prof de ~~français~~ ? **PVP** ou prof ? PVP *et* prof ? OK, mais lequel en premier ? Je ne me souviens pas qu'on en ait parlé.

Ma comptine (encore utile) dans ces cas-là :

☛ Un. Deux. Trois. Ce ne sera pas toi, au nom de la lou-a[13]. Au rédacteur en chef! Voi-là.

Cette LETTRE était intense. On ne vole pas le chum de sa sœur ou de sa **meilleure** amie. Même que ça mérite une mise à jour de ma liste.

Liste des règles non écrites de la vie des ados ✗

par Léa Beaugrand (secondaire quatre)

1. Les secondaire un ne s'assoient pas en arrière du bus avec les SECONDAIRE QUATRE et CINQ. Cette règle vise directement les membres d'un certain essaim de moustiques!

2. Les secondaire un ne se mêlent pas des conversations des vieux (ben, nous!). → ✗

3. Afin de ne pas déclencher la Troisième Guerre mondiale, une ado ne sort pas avec le chum de sa sœur, de sa cousine ou de sa meilleure amie. Cette règle s'applique aux gars aussi.

---

13. J'aurais dû écrire loi (il m'arrive de dire lou-a)... C'est pour que le choix final me convienne. Je sais que vous faites ça, vous aussi!

PVP répond à ses courriels plus vite qu'**Antoine**. J'espère qu'il a **aimé** mes réponses à Cœur de guimauve et à Fille mêlée.

À: Lea.sec2@gmail.com
De: PVP@gmail.com
Objet: Commentaires

Madame Elle ☺,

Voici mes commentaires, en vrac (hein?) :

Bien écrit. Plein d'humour. (Merciii!)

Pourrait être plus sérieux. (Ben là, décide-toi!) Cette Fille mêlée a fait plusieurs fautes. *La Gazette* ne peut pas publier un texte truffé (???) d'erreurs. Je compte sur toi? (Pas certaine!)

Tu devrais lui dire que ça ne se fait pas, voler le copain de sa sœur. (Plutôt mourir!)

Réactions de Léa... **EN VRAC!**

☆ Euuuh... non! Je ne vais pas **CORRIGER** les fautes d'orthographe ou de grammaire ou de syntaxe ou de ponctuation de Fille mêlée. C'est un **COURRIER** du cœur, pas un cours de français par **correspondance**.

☆ Ma réponse n'est **pas sérieuse**? Comment je pourrais donner des conseils sérieux à tout le monde alors que ma vie est aussi plate, en ce moment? C'est pour ça que mon style est léger. De toute manière, c'est plus moi!

★ Lui dire quoi faire?! **UN.** Pas mon genre. **DEUX.** C'est sa vie. À elle de choisir. Si elle n'est pas une mongole finie, elle va saisir mon **MESSAGE**.

Résumé : on ne s'entend pas sur le style du courrier du cœur, PVP et moi. Après nous être obstinés durant vingt looongues minutes, on a décidé que c'est la prof de français qui **trancherait**. PVP lui courrielle mon texte et on verra.

8 SEPTEMBRE

Nous sommes allés aux **pommes**, cet après-midi. J'avais pas vraiment envie, mais mon père a insisté. Il veut faire des tartes et tout et tout. Lulu, Herménégilde et Lily nous ont accompagnés. Miracle de la science : Lily arrive parfois à **RESPIRER** sans la présence de son merveilleux Guillaume.

Ma *BFF* et moi avons niaisé dans le **LABY-RINTHE** de maïs en faisant tout pour éviter d'en sortir, ce qui est beaucoup plus difficile qu'on pense. Nous nous sommes prises en photo des dizaines de fois et avons mangé trop de pommes. Monsieur H a donné un **BISOU** à ma **LULU** derrière un pommier. Je les trouve trop vieux pour s'embrasser en cachette. Ça me gêne, bon !

Léa

Antoine, suis allée aux pommes. En primeur internationale, nos *selfies*[14] dans le labyrinthe de maïs. Comment va ? Je t'♥.

Antoine répond de moins en moins **vite** à mes messages. Je sais que c'est loin, la Finlande, mais bon. Il pourrait répondre *LOL* et je serais **HEUREUSE**.

Il reste trois cent vingt et une trop **longues** journées avant son retour. J'ai de moins en moins hâte de le revoir, on dirait. On aura trop changé et on ne saura plus quoi se dire.

La prof de français répond à ses courriels plus vite qu'un Finlandais de ma connaissance ! Commentaires *notés* dans mon agenda (case du 8 septembre) pendant ma conversation avec **PVP** :

---

14. Un *selfie* est un égoportrait (merci mamounette !) fait à bout de bras avec un cell. Soyons sérieux. Je vais pas utiliser ce mot tellement chic digne de PVP dans un message destiné à Antoine. Nooon ! Je tiens à ce qu'il me comprenne.

* Jeunes avoir envie d'écrire à madame Elle = ne pas corriger leurs textes? Pour avoir bonne conscience, prof propose de souligner le fait que les demandes des étudiants n'ont pas été retouchées dans *La GaZzzette*. (Phil = suggère de rédiger la politique officielle de *La Gazette* à ce sujet. Suis toute d'accord!)

* Prof aime l'approche. Ne pas dire quoi faire aux lecteurs dans situations délicates.

* A adoré film *Sissi* elle aussi ☺. Pas vu *L'attrape-parents*. ☹

Conclusion: Léa: 1. PVP: 0.

Ce qui est triste : Je ne peux même pas raconter ça à Lily. Niveau de difficulté? **Ultime !**

9 SEPTEMBRE

6 h 55. **Facebook.** Aucunes nouvelles d'**Antoine**. La journée va être **longue**.

16 h 43. **Facebook.** Toujours rien. **Aucunes** nouvelles d'**ANTOINE**.

20 h 51. **Facebook.** **ANTOINE** est trop comme Charlie. Introuvable. Il pourrait répondre !! OK, je sais qu'il dort. Mais avant de se coucher, il aurait pu me faire un petit coucou. C'est vraiment *pouiche*! **Antoine** est *pouiche*, des fois. Je n'ouvre plus mon ordi. Je ne vais plus sur Facebook ! Je ne calcule plus le nombre de jours qu'il reste avant son **RETOUR**...

10 SEPTEMBRE

5 h 55 (heure qui devrait, en théorie, porter chance). **Facebook.** C'est le **NÉANT** absolu. Cette histoire d'heure porte-bonheur, c'est faux, archifaux. J'ai souhaité une bonne journée à **Antoine** et lui ai fait un bisou.

Ça m'apprendra à **programmer** mon réveil pour qu'il sonne à une heure chanceuse !

Au retour de la pause. Cours de sciences. Comme prévu, **PVP** lira les **MÉMOS**.

– Groupe, je vous remets la liste des activités parascolaires. Vous remplissez le formulaire. Vous le faites signer par vos parents. Vous me le ramenez ou vous vous adressez directement à madame Carouby. Pas de question ?

Océane glousse. Elle joue encore l'**IDIOTE**. Si elle croit qu'elle séduira un gars intéressant en gloussant... Les gars la connaissent.

La matinée sera longue.

Enfin. Je suis avec Émilie et Lily. Nous sommes assises par terre, dans le cimetière adjacent au terrain de l'école, adossées à une pierre tombale vraiment vieille. Nous mangeons notre lunch en paix à l'**OMBRE** d'un saule pleureur. C'est Émilie qui nous a attirées ici. J'ai pas réfléchi (Lily non plus, tsé!) et je l'ai suivie. Du calme, c'est même pas le mois d'octobre! Aucun **RISQUE**. La frontière entre le monde des vivants et celui des mooorts n'est même pas ténue. Qu'est-ce qui peut nous arriver?

Quand même. On opte pour la prudence et on chuchote. Pour pas les déranger, genre. Les morts! Je raconte à mes amies mes problèmes avec *Antoine*. Je leur parle du silence de mon chum. De ses réponses plates. De mon père qui capote sur le rangement, aussi. Émilie me dévisage en croquant un bâtonnet de **CAROTTE** trempé dans de l'hoummos. Lily? Elle change de sujet et nous rappelle qu'elle aura seize ans en novembre. On exécute une danse de la **joie** en tentant de suivre ses mouvements échevelés!

Lily veut absolument suivre ses cours de **CONDUITE** et Ginette refuse de payer parce que c'est tellement cher. C'est justement parce que c'est cher que Lily lui demande de payer! Des fois, les adultes sont si cruches! Pour oublier la énième toquade de sa mère, Lily s'extasie sur mes ongles. Je sais. J'ai dessiné des  dessus. Très chic !

Grâce à ses yeux (certainement bioniques), Brisebois nous observe de l'autre côté de la clôture. Je sais que c'est interdit d'être ici, j'ai signé le **CODE DE VIE**. Mais j'ai écrit *foule* mal, personne comprendra que j'ai accepté de suivre ces règles to-tal désuètes parce qu'on est au vingt-et-unième siècle.

Nous n'avons pas le droit de nous évader parce que nous sommes seulement en secondaire quatre. RAPPORT ? Privilège réservé aux finissants. Et surtout pas dès septembre! À la dernière étape seulement, celle durant laquelle tout étudiant de secondaire cinq devient instantanément mature. Ce règlement, on s'en est un peu fiché, ce midi. Pas Brisebois. Elle nous attend, les bras croisés sur son impressionnante poitrine. La vie est injuste. Moi, il m'a fallu quinze longues années pour perdre un seul A. À ce rythme-là, j'aurai besoin d'aide, c'est certain. (Si vous pensez aux sacs de plastique remplis de POUDING à la vanille du film *Souvenirs d'été*, on a la même idée!) Je regarde la clôture avec l'idée de fuir. Elle est trop haute. Je pourrais pas sauter par-dessus sans déchirer ma jupe.

– Mesdemoiselles, vous connaissez le règlement. Il est interdit de quitter le terrain de l'école. Vous aurez un billet blanc pour cette grave offense.

– Madame, je vous prie de nous excuser. (**Ouate de phoque!** Elle parle **tRoP BiEN**, Émilie.) C'est l'anniversaire de la mort de ma grand-mère et je voulais lui rendre visite. Les filles ont essayé de me retenir, mais j'ai fait à ma tête. Je ne recommencerai plus, c'est promis, énonce Émilie, penaude, presque au bord des larmes.

Moi aussi, mes yeux se mouillent. Pourquoi elle me l'a pas dit? Je pense à Lulu et je ne veux pas qu'elle MEURE. Je l'aime trop. Lulu, meurs pas...

– C'est correct, c'est correct. T'es une bonne fille, dans le fond, Émilie. (Dans le fond de quoi? Brisebois n'a pas précisé.) Vous deux, je ne vous félicite pas. Mais je passe l'éponge. Pour cette fois! Et cette fois seulement, notez-le bien! Entrez, a conclu Brisebois, touchée par le chagrin de notre amie.

Brisebois a vite repéré un autre dangereux criminel. Elle a tourné les TALONS et s'est lancée à sa POURSUITE.

– Émilie, pourquoi tu nous l'as pas dit, pour ta grand-mère? lui demande Lily. C'est triste...

– J'ai inventé ça pour pas avoir de billet blanc. J'en ai eu beaucoup, l'an passé. Ma mère capoterait trop si j'en avais encore cette année, dit Émilie, l'air espiègle.

Je suis complice d'un *mensonge* ?! Quand je vais dire ça à Antoine, il n'y croira pas.

J'ai raconté la scène du **cimetière** à Sabine. Sa réaction ? Elle est sûre que c'est faux. J'inventerais cette histoire ROCAMBOLESQUE parce que moi, Léa, je ne peux pas désobéir au règlement. J'aurais le **CODE DE VIE** tatoué sur le cœur, selon elle ! Délire total.

Émilie a dû lui confirmer que c'est la pure vérité. Sabine nous a regardées comme si on était des **MARTIENNES** en voyage organisé sur la Terre. Puis, elle nous est tombée dessus parce qu'on ne l'a pas invitée. Ben là, elle faisait son devoir d'histoire avec **Océane** ! On n'aime pas ça déranger, nous.

Sur Facebook, sans **Antoine**. Sa photo de profil est la même. Donc, il est toujours aussi beau. Il a sept **nouveaux** amis. Je lui donne de mes nouvelles quand même. Pourquoi ? Parce qu'il reste trois cent vingt-cinq jours (**PAS UN MOT?**) avant son retour et que je veux pas qu'il soit déconnecté de la réalité lorsqu'il reviendra.

Léa

Antoine, tu sais pas quoi ? Je suis allée manger mon lunch dans le cimetière avec Lily et Émilie. On a évité un billet blanc de justesse. Tu devineras jamais comment. Émilie a fait croire à Brisebois…

Antoine

...

C'est pas un peu **PATHÉTIQUE**, fixer son écran en attendant qu'on nous réponde? **Ouate de phoque!** Oui! Faut que je me trouve une vie, ça urge!

13 SEPTEMBRE

Je suis seule chez moi un **VENDREDI** soir. (**Vendredi 13**, je précise!) Lily est ENCORE avec le gars le plus *hot*, le plus beau, le plus *chill*, le plus intelligent de tous les temps: Guillaume-le-magnifique. Ils écouteront des nouveaux CD en se prenant pour des animateurs de MusiquePlus. Émilie fait du tir à l'arc. Et moi? Je m'ennuie.

Mon dernier message à **ANTOINE** date de mardi dernier. Il ne m'a pas encore répondu.

J'aime pas ça que mon **amoureux** soit loin. J'aime pas ça qu'on se voie jamais. J'aime pas la messagerie de  J'aime pas Skype.

En plus, Skype est la source du souvenir le plus humiliant de ma vie: une tentative de nous embrasser de manière VIRTUELLE. Chose à ne jamais faire. Mon père est entré dans ma chambre sans frapper à ce moment-là!!!!!!!!!!!!!!!!! Il a éclaté de rire en nous voyant... **Malaiiise et humiliation extrêmes!!**

Comme si ce n'était pas suffisant, il a salué Antoine et lui a parlé de la dernière partie de football du Rouge et Or[15], son C L U B favori. Il a raconté leur victoire écrasante sur le Vert et Or[16] avec trop de détails. Après m'avoir CASSÉ les pieds bien comme il faut, il est sorti de ma chambre sans s'excuser de nous avoir interrompus. Mais il n'a pas oublié de préciser que je ne devais pas me coucher trop tard!!!!!!!!!!!!!!!!!!!!!!!!! Antoine était crampé. Moi, **enragée**. **Ouate de phoque!** Mon père m'énerve tellement!

Ce soir, deux options trop EXCITANTES. **Option un:** faire le ménage de mes tiroirs pour me débarrasser des vêtements que je ne porte plus et qui feront le bonheur des enfants moins fortunés que moi parce que je ne réalise pas à quel point j'ai de la chance d'en avoir autant. Disons que, comme c'est interdit de se promener nu dans les rues de notre ville, je ne sais trop quoi penser de cette réflexion **dégoulinante** d'adultite aiguë. Je passe donc à l'**option deux:** consulter la boîte de courriels du courrier du cœur. Je sais. C'est la *nerditude* extrême. Je suis curieuse, bon!!!!!!!!!!!!!!

---

15. Équipe de football de l'Université Laval, à Québec. Trop inspiré, le nom du club. Deux couleurs. Rouge. Or. J'ai souligné ce manque d'originalité à mon père en faisant de l'attitude. Il a haussé les épaules de découragement.
16. Équipe de football de l'Université de Sherbrooke. Aussi inspirée que son adversaire!

Madame Elle a reçu un message. On la (me) consulte encore. Je capote trop !

À : courriermadameelle@gmail.com
De : unperdu13@gmail.com
Objet : Je suis perdu

Yo, madame Elle,

Je suis en secondaire un et je me sens vraiment perdu dans l'école. T'as des trucs ?

Un perdu

Yo ?!? C'est tellement secondaire un, cette expression. Il y a quelqu'un à l'école qui est **PERDU** à ce point-là ??? Qu'est-ce qu'on dit à un perdu ? Que tous les chemins mènent à Rome ? Je ne sais plus. C'est **compliqué**, trouver de bonnes idées. Je dois méditer sur cette question. Pas en m'assoyant sur mon lit pour faire des *ahummmm* d'un air ésotérique, les index sur mes tempes. Non, en mangeant des aux pommes chez . À+.

J'ai médité avec Lulu, qui m'a suggéré d'oublier les dictons vides et d'être moi-même. (Je suis qui, moi ? Si elle n'était pas moi, je poserais la question à *madame Elle*.) Lulu a raison ! Les **chemins** de Rome, c'est nul! Et Gégé[17]? Il a pas vraiment d'avis sur le sujet. Normal, c'est une plante!!!

P.-S.: Les adultes qui sont convaincus que les plantes émettent des CLICS sonores sont ÉPEURANTS!

14 SEPTEMBRE

J'ai eu une idée pour mon PERDU. Je sais pas si ça va l'aider, mais moi, j'ai ri.

Cher Perdu,

Dans une nouvelle école, c'est normal de se sentir comme toi, c'est-à-dire perdu. Surtout que les pictogrammes portent à confusion, genre. En plus, il y a plein d'escaliers et on a presque l'impression qu'ils changent de place, comme à Poudlard.

Si ça peut te rassurer, moi, je me suis égarée treize fois en sec 1. Je ne sais pas si c'est vraiment encourageant, mais la « perditude » n'arrête pas, qu'on soit en secondaire deux ou cinq.

---

17. Gégé est le géranium apprivoisé de Lulu. Il est pas perdu, lui!

Par exemple, moi, je me suis perdue hier. Dans l'aile des secondaires quatre et cinq. Je suis entrée dans la toilette des hommes et j'ai fait de l'attitude à un gars, qui a sursauté en me voyant. C'est ce que je disais : les pictogrammes pourraient être plus clairs ! Les filles portent des pantalons depuis longtemps !

Petit conseil, puisque tu signes Perdu et que je suppose donc que tu es un gars : s'il n'y a pas d'urinoir dans les toilettes où tu viens d'entrer, sors de là au plus vite !

Madame Elle

C'est bon. En tout cas, pas trop pire. J'ai envoyé ma réponse au rédacteur en chef, qui m'a téléphoné presque **INSTANTANÉMENT**. Résumé de notre conversation dans mon agenda (case du 14 septembre) :

14 septem...

1. * Très drôle. (Les toilettes ???)

2.
3. * « Yo », c'est pas français ! (Avis prof de français ?)

4. * Genre, dans la réponse = nécessaire ?
   (Oui.)

Conclusion : Après une méga **LONGUE** *conversobstination*, le « **YO** » du Perdu, c'est une **expression**, pas une faute de français. Genre dans la réponse ? À la prof de décider.

À+. Le souper est prêt. **LULU** a fait du **POULET** chasseur. J'ai trop faim !

P.-S. : **Antoine** m'a finalement répondu ce midi. Il a écrit *LOL*. Puis, il a souligné qu'il avait un entraînement de soccer et il s'est déconnecté. J'**hallucine** ou on n'a plus rien à se dire ? Faut que j'en parle à Lily.

J'ai lavé la **VAISSELLE** avec Lulu et monsieur H. Je leur ai résumé ma réponse à Perdu. Monsieur H a ri de moi quand j'ai raconté l'épisode des toilettes. Une tactique pour essuyer moins de vaisselle que moi. Je connais ses trucs !

Ensuite, je suis allée dans ma chambre. J'ai sorti ma lampe de **POCHE** et j'ai fait des signes par la fenêtre. Lily m'a répondu ! La voie est libre. À+.

– Lily, qu'est-ce que tu fais chez toi un samedi soir ? T'avais pas un truc fantastique à faire avec Guillaume ? je demande à ma *BFF*, qui me fait un pied de nez tellement compliqué que ça pourrait être notre nouveau **SIGNE** secret.

– C'est l'anniversaire de sa grand-mère et ses parents l'ont forcé à les accompagner au resto. J'étais pas invitée...

Je suis la pire amie au monde, la plus **IMMONDE**. *Pourquoi ?* Parce que je suis (un peu) contente, je dois l'admettre !

– Et toi, ma chou, quoi de neuf ? m'interroge mon amie.

– C'est Antoine. Ça s'améliore pas. On ne se parle plus sur Facebook. Il a jamais le temps. Ma vie ne l'intéresse plus.

– Il veut peut-être profiter de la Finlande au max ? remarque ma **CLAIRVOYANTE** *BFF*.

– Ouais...

– L'an passé, tu le voyais à l'école, là, tu le vois plus jamais...

– Ouais...

Madame Elle, c'est Lily. C'est pas moi. Je lui ai même demandé si c'est elle qui se **CACHE** derrière la mystérieuse identité. Elle m'a lancé son toutou. On a roulé par terre et on a ri aux **ÉCLATS**. Ginette a demandé si tout allait bien.

Tout est **SUR LA COCHE** !

– Mange pas tous les Skittles ! ai-je ordonné à Lily en lui donnant un coup d'oreiller sur la tête. J'en veux, moi aussi !

Une bonne **BATAILLE** d'oreillers, c'est magique. On a ri comme deux folles. On a crié aussi fort que si un zombie était sorti de sa penderie. Mauvaise idée. **Moucheronne** a rappliqué avec son oreiller. Sur sa taie, il y a quoi? **Ouiii!** La face de Liam, de **ONE DIRECTION**. Ça nous a coupé toute envie de poursuivre cette bataille dont on se souviendra pour les mauvaises raisons.

– Mégane, tu dors pas avec ÇA! ai-je lancé sur le ton le plus méprisant au monde. Tu l'embrasses avant de dormir, je gage.

Elle m'a regardée **méchamment**, puis elle a tourné les talons, dégoûtée par ma mauvaise foi. Lily et moi avons éclaté de rire en même temps. **Pinkieee!**

Je suis dans mon lit, je regarde le (toujours **MAGNIFIQUE**) poster d'Antoine qui est encore collé au-dessus de mon lit. Trois millions d'idées dansent dans ma cervelle, ce qui cause une **SURCHAUFFE** de mes **neurones** et donc, de l'insomnie.

Résumé de cette **BOURRASQUE** d'idées vraiment folles: faire semblant qu'**Antoine** et moi, on **sort** encore ensemble même s'il est Finlande, je suis pas sûre que ce soit une bonne idée.

Ce matin, calme total dans le bus. Moucheronne me boude parce que j'ai ridiculisé son futur époux. Je ne serai certainement pas invitée à leur MARIAGE. Son essaim l'imite, ce qui fait que personne ne bizzbizze. Ambiance propice au sommeil. En sortant du bus, Lily souligne que j'ai l'air d'une MORTE-VIVANTE. Elle sait comment me remonter le moral! Comme j'avais le moral bien remonté, j'ai couru et Geoffrion m'a avertie. Tout. Va. Bien.

Cours de sciences. J'avais mal jugé le prof. Il fournit de gros efforts pour rendre son cours moins PLATE.

– Là, prenez note de ce que je vous dis parce que c'est important, hein, mademoiselle Léa? (Quoi? Qu'est-ce qui se passe? Je dormais?) Si ce n'est déjà fait, prenez votre crayon Amine. Dans le sens d'un crayon HB. Un crayon à mine, là! Je parlais pas de votre petit voisin arabe. La comprenez-vous? s'esclaffe ce prof trop joyeux le lundi matin.

Lancelot me lance une boulette de PAPIER. (Zut! Il a oublié son agenda!) Je la défroisse maladroitement. Il a tracé une pomme. Non. Un vélo! C'est peut-être un CHAT, finalement. C'est pas vraiment CLAIR. Ben quoi. Il dessine aussi mal que moi. Je me retourne pour lui faire notre nouveau signe **secret**. Il réplique. C'est même pas ça, notre signe secret !

À la fin du cours, le prof m'a souri. Lorsque je suis passée à côté de lui, il m'a demandé si tout allait bien. J'ai dit oui parce que c'est la réponse qu'il semblait attendre. J'avais pas envie de lui dire que j'ai pensé au silence d'*Antoine* pendant tout le cours, parce que le prof ne le connaît pas. Il m'aurait sans doute lancé une blague **nulle** pour me dérider ou pire, il m'aurait assuré que tout va bien et que ce n'est rien. J'ai pas besoin de ça aujourd'hui.

«Dérider», quel mot pas rapport. **UN.** J'ai quinze ans et je ne suis pas ridée. **DEUX.** Quand on rit, on **PLISSE** tout son visage et on devient ridé. Donc, rire a l'effet inverse. Le français, c'est une langue *foule* illogique !

Lily m'attend devant ma case. Elle a sorti son **COIN-COIN** extralucide. Ouiii !

– Léa, tu dois retester mon coin-coin ! Pas le choix. déclare ma *BFF*, toujours prête à me rendre service.

– Si tu veux, je réponds comme si je voulais me faire prier un peu. Laisse-moi me concentrer. Quatre !

J'ai certainement crié trop fort parce que PVP **ACCOURT** pour voir ce qui se passe.

– Un bonbon, maintenant, rappelle inutilement Lily.

– Jujube ! dis-je en **SAUTILLANT**.

– J. U. J. U. B. E. OK, laisse-moi voir ce qui t'attend…

– Les filles, vous êtes pas sérieuses? nous interrompt PVP. Vous jouez encore à ça? Même les fillettes de troisième année du primaire trouvent que c'est dépassé!

Lancelot est d'accord avec lui et il me fait un pied-de- amélioré.

– Arrêtez, ricane Lily. Laissez l'oracle s'exprimer clairement… Léa!

L'amour de ta vie t'attend au café du coin.

– C'est pas écrit, mais j'ajouterais: surtout les jeudis après l'école!!!!!!!!!!!!!!!! complète Lily avec **intuition**.

– Tu parles de Gabriel, là? intervient PVP. Il est même pas beau, ce gars-là. Franchement, vous me décevez les filles…

– JALOUUUX, avons-nous **hurlé**, Lily et moi, pendant que Philippe et Lancelot s'éloignaient en riant. Vous êtes juste jaloux, les gars!

Facebook. Effet secondaire de la **RENTRÉE** finlandaise, **ANTOINE** a fait le plein de nouveaux amis. Dont une Américaine prénommée Heidi. Comment la décrire? La seule image qui me vienne à l'esprit est celle d'Yseult. Oui. La Yseult de Tristan. Celle de mon poème... Blonde, yeux bleus, grande, gracieuse et mince. Yseult ne vous dit rien? Pensez alors à l'**ELFE** Tauriel-la-fougueuse dans *Bilbo le Hobbit* et remplacez les cheveux roux par des **CHEVEUX** blonds. Style. Comme. Genre.

Antoine a tout de même répondu à mon message:

Antoine
Rentrée cool. C'est en anglais, mais je comprends. J'aime l'école.
Tchaw !

Léa
Tu. Aimes. L'école ????????????????

Antoine
...

Je ne compte plus les jours.

Ça n'a plus d'importance.

Heidi,
Antoine et moi

21 SEPTEMBRE

À: courriermadameelle@gmail.com
De: fouledecouragee@gmail.com
Objet: comment rencontrer un gars?

Chère madame Elle,

TOUTES les filles de l'école ont un chum, mais pas moi. Je sais pas quoi faire pour rencontrer des gars. As-tu des idées?

Une fille *foule* découragée

TOUTES les filles de l'école ont un chum? Statistique inexacte! Moi, par exemple, j'ai un chum, mais il est plus virtuel que réel. Il est tellement loin, je me demande même si ça compte. Quand j'ai lu ça à LULU, elle a éclaté de rire. Du calme! C'est une question *foule* pertinente. Puis, elle m'a dit que cette fille ne doit pas s'en faire car chaque torchon trouve sa GUENILLE. Quoi? Le dicton du torchon et de la guenille n'est pas connu des gens trop jeunes pour détenir un permis de conduire. Et c'est elle qui m'avait conseillé de ne pas répondre à la lettre du Perdu avec mon dicton sur ROME???

Lulu m'a expliqué, après avoir SOURI trop longtemps à monsieur H (ce n'est pas que leur complicité m'énerve, mais...), que chacun trouve sa chacune. Soupir découragé. Leur petite œillade complice était superflue. Les adultes ont ~~parfois~~ souvent **pas rapport** au max. Ma Fille découragée veut savoir comment et où rencontrer son chacun (ou, si vous avez plus de cent ans, son torchon). **LAiSSEZ DONC FAiRE**. Je vais m'arranger toute seule.

Quand je suis rentrée chez moi, mon père m'a demandé comment j'allais. Il avait l'air **INQUIET**. Depuis quand mon père est-il observateur ? Depuis maintenant, je dirais ! J'ai répondu une banalité à propos de l'examen de sciences trop **CHiANT**. Ça l'a rassuré et il a avalé avec appétit le reste de son *smoothie*[18] protéiné aux bleuets.

Et moi, qu'est-ce que je réponds à ma Découragée ? **Ouate de phoque !** Je suis la dernière personne qui peut l'aider ! Elle peut pas être plus découragée que moi. Mon chum **virtuel** est en Finlande. La pire chose au monde : il a rencontré une **HEiDY** très très réelle qui est amie avec lui sur Facebook et qui le trouve *so amazing, Chuck !* Chuck ? **Ouate de phoque !** Quel surnom pas rapport.

Et ma Découragée capote parce qu'elle n'a pas de chum ? Je devrais lui dire qu'il n'y a pas que des avantages à être en **COUPLE**…

---

18. Ma mère le reprend chaque fois. Elle lui rappelle qu'en bon français, c'est une boisson fouettée, et qu'il a une mauvaise influence sur moi ! J'adore assister à leurs conversations, quand ils s'obstinent. Ils sont distrayants.

Ce soir, j'ai visionné *Notting Hill* avec ma mère qui rêve de travailler à Londres et qui **INSISTE** pour qu'on voie plein de films dans lesquels il est question de sa (notre!) ville **CHOUCHOU**. Comme c'est la quatrième fois qu'elle nous force à écouter celui-ci, mon père s'est réfugié dans le sous-sol pour jouer à Pac-Man sur une **VIEILLE** console que ma mère lui a offert pour son anniversaire.

Comme on était entre filles, je lui ai parlé d'**Antoine**. Elle est restée silencieuse pendant plusieurs secondes. J'ai insisté. Elle m'a regardée droit dans les yeux. Elle se préparait à lancer un **MISSILE** en ma direction...

– Antoine fait-il plus de sport que l'an passé? m'a-t-elle demandé.

– Rapport? Ben non, sauf que l'an dernier, on se voyait à l'école!

Elle n'a pas relevé le fait que j'ai commencé ma phrase avec le mot **rapport**.

– Pour ce qui est de cette Heidi, reprend-elle, c'est normal que les filles s'intéressent à lui, non? Il y en avait certainement qui lui tournaient autour ici aussi.

J'ai rien **REMARQUÉ**! QUI??? QUAND??? OÙÙÙÙ????????????????????

– C'est quoi le problème, alors? Soit tu acceptes que toutes les Heidi du monde trouvent ton amoureux *amazing* (en disant ça, ma mère a pris un **ACCENT** nasillard *foule* crampant et j'ai éclaté de rire), soit vous prenez une pause et tu vis ta vie. Tu vois une autre solution?

– C'est pour ça que je t'en parle... Je pensais que tu verrais un peu plus de solutions que ça.

Ma mère a souri **gentiment**, puis elle m'a questionnée à propos du courrier du cœur. Elle a beaucoup aimé ma réponse au Perdu, bien qu'elle doute de son utilité.

– La prof de français ne veut pas que je change un mot. T'aurais dû la voir tenir tête à Philippe, qui trouvait ça trop humoristique! Elle lui a dit que personne ne s'attendait à une réponse de psy et que le but de *La Gazette*, c'est avant tout de divertir (on ne se **divertit** pas tous comme elle!). PVP lui a fait son air de directeur des années 1950 et on a ri de lui.

Ma mère a appuyé sur le **bouton** *Play* et Julia Roberts a enfin pu **EMBRASSER** Hugh Grant.

– Comment trouves-tu Hugh Grant? m'a-t-elle demandé pendant qu'on le voyait en méga gros plan à l'écran.

– Trop vieux!

– Trop vieux????!!!! T'es certaine que tout va bien, Léa? C'est le plus bel homme sur terre – après ton père, évidemment! a-t-elle répliqué en riant.

Tiens, j'ai une **IDÉE** pour ma Découragée...

Chère Fille folle découragée,

C'est en regardant un film que la réponse à ta question m'a frappée. Va dans un club vidéo. Les gars qui travaillent là sont beaux et, parfois, ils connaissent le cinéma. Tu te demandes quel est le rapport ? C'est dans les films que tu trouveras la réponse. Tu doutes de moi ? Moi aussi, parfois. Mais je m'égare un peu... Premier avantage : tu développeras ta culture générale. (D'après ma prof de français, c'est très *in* dans le moment.) Second avantage : on y trouve plein de trucs inspirants pour rencontrer un chum. En voici quelques-uns :

1. **Bois du jus d'orange** comme Hugh Grant dans le film *Notting Hill*. Pourquoi ? Il part chercher du jus d'orange au café voisin. Il revient en courant. Il tourne le coin de la rue et paf ! il fonce sur Julia Roberts. Il l'amène chez lui pour qu'elle puisse se changer ; Julia est toute collante à cause du jus d'orange. Ils deviennent amoureux. Si tu n'as pas la chance d'asperger ZE bon gars de jus d'orange, au moins, tu auras ta dose quotidienne de vitamine C.

2. **Va voir une partie de football.** Tu ne connais rien au football ? C'est secondaire. Dans *Le monde*

de Charlie, Charlie (il est foule rejet mais vraiment beau) assiste au match de football de l'équipe de l'école. Il s'assoit sur un banc. Qui arrive ? La belle Sam. Elle s'assoit à ses côtés et voilà. Ils sont amoureux. Avoue que ça vaut la peine de se geler les fesses pour rencontrer un gars cool. Deux conseils. 1) Évite les hot-dogs. C'est pas très santé. (Si tu ne me crois pas, écoute le film *Adventureland*.) 2) Amène un coussin. Les bancs d'estrade, c'est dur !

3. **Ne fais pas tes lectures obligatoires.** Oui, tu as bien lu ! Tu as un petit côté *nerd* et ce conseil ne t'inspire pas ? Elle Woods l'a testé avec succès dans le film *Blonde et légale*. Elle n'a pas fait ses lectures obligatoires et la prof l'a mise à la porte de la classe après l'avoir cruellement humiliée. (Vraiment pas cool.) Elle Woods s'est précipitée dans le parc et s'est laissée tomber sur un banc. Qui était assis à ses côtés ? Emmett, un bel étudiant en droit à Harvard ! Il la demande en mariage à la fin du film. (Oups ! *Spoiler alert !!* Trop tard...)

4. **Déménage à Forks.** Je sais, c'est un trou perdu où il pleut quatre cents[19] jours par

---

19. Vous aurez compris que c'est une figure de style. Je sais depuis la troisième année du primaire que l'année compte trois cent soixante-cinq jours.

année. Mais à Forks, tu pourrais rencontrer un super beau vampire qui fait léviter des pommes. Tu préfères les loups-garous ? Pas de problème. Il y en a de magnifiques (très « abdomisés ») aussi. Les gars ont de beaux cheveux, à Forks. C'est un plus, tu ne trouves pas ? En tout cas, n'oublie pas ton parapluie ! Et envoie-moi une carte postale.

Dernier conseil (plus sérieux, celui-là), chère Découragée : prends des cours de Zumba, va au cinéma, participe à la danse de l'école (**à noter :** concentration très élevée de célibataires), bref amuse-toi ! Comme ça, le découragement passera plus vite.

Sincèrement,

Madame Elle

J'ai courriellé ma réponse directement à la prof de français. On évite de ~~froisser~~ sʊʀcʜᴀʀɢᴇʀ le rédacteur en chef. Efficacité !

Je devrais **SUIVRE** mon propre conseil et m'amuser davantage.

24 SEPTEMBRE

La cloche sonne. J'ai faim. Surtout que ce midi, il y a des croquettes de POISSON à la café et j'aime trop ça.

– Léa, je peux te voir? me demande la prof de français.

La GaZzzette, **je suppose**.

– Léa, j'ai lu ta réponse à la Fille découragée. Je te félicite, c'est très drôle.

– Merciii!

– J'ai apporté une correction. Zumba, ce n'est pas français.

Maman Ève, sors de ce **CORPS**.

– On devrait plutôt dire danse aérobique latine, ~~propose-t-elle~~ ordonne-t-elle.

– Madame, je pense que la Fille découragée ne comprendra pas. En tout cas, ça ne lui tentera pas autant... Elle va croire que c'est un sport pour les vieux. Zumba, ça sonne jeune.

La prof me regarde en silence. **TIC TAC. TIC TAC.** Si je **MANGE** du végépâté, ce sera de sa faute!

– Je te l'accorde, Léa, sourit-elle en gribouillant quelque chose sur ma réponse.

Quelle surprise ! **Phil** m'attend à l'extérieur du local. Je lui raconte ma discussion avec la prof. D'après lui, je suis son chouchou !!!

– Le dernier à la café est le vrai chouchou, je lance en riant.

Le rédacteur en chef est parti comme une POULE pas de tête.

Comment s'humilier en une seule leçon, par Léa Beaugrand !

Je suis un peu anxieuse. Cet après-midi, premier cours de ballet dans le nouveau studio de danse du quartier. (SNIF ! C'est pas le vendredi !!!) Quand je me suis inscrite, j'ai choisi le groupe intermédiaire. Je sais pas si j'ai bien fait. Habituellement, je me sous-estime. Alors là, j'ai suivi mon instinct.

C'est ici, juste devant l'arrêt d'autobus. L'immeuble est délabré. Le studio est à l'étage. Je n'ai plus envie d'y aller. Je ferais mieux d'étudier pour le mini test d'histoire... Bon, il reste à POUSSER la porte. Il y a de grandes fenêtres. D'énormes miroirs. Des barres partout. Ça sent la DANSE. J'aime ça !

Dans le vestiaire, j'enfile mon VIEUX maillot. Une fille me regarde de haut.

– Salut ! Tu l'as acheté où, toi, ton maillot ? me demande-t-elle rien que pour avoir l'occasion de me dire où ELLE a acheté le sien.

– À mon ancienne école de danse. Toi ? je réponds pour lui donner l'occasion de se mettre en **VALEUR** parce que c'est clairement ce qu'elle cherche.

– Moi ? Chez Capezio. Taille très petit, a déclaré cette *bitch* avec un air supérieur. Il est importé directement d'Italie.

Elle attend que je **SAUTE** au plafond, ce que je n'ai pas fait car je ne veux pas me cogner la tête avant le début de la leçon. J'aurais écrasé mon **chignon** que j'ai noué dans le bus avec l'aide de Lily.

– Tu connais, n'est-ce pas ? Toutes les ballerines connaissent Capezio. C'est à New York ! (Air tellement snob.) La seule place où acheter un maillot de danse digne de ce nom.

Note à moi-même : c'est ça, une **DIVA** finie !

– ...

Je sais jamais quoi répondre quand on me lance des **VACHERIES**. Vous ? Vous répliquez toujours la bonne phrase au bon moment ?

Dix minutes m'ont suffi pour constater que, pour une fois, j'avais raison de douter de mes capacités. Je me suis inscrite dans un **GROUPE**

trop avancé! Je connais tout le vocabulaire du BALLET et les positions de base, c'est un bon début. Je sais comment exécuter les mouvements, aucun problème. Le défi? C'est plus intense et plus rapide que dans mon autre studio. Une vidéo en avance rapide, genre. Et les mouvements, je ne les maîtrise pas autant que je le croyais. J'ai l'air d'une poupée MÉCANIQUE dont l'énergie faiblit à vue d'œil. Plus je regarde autour de moi, plus j'oublie comment je dois bouger. (Celui qui affirme que «quand on se compare, on se console» ne connaît rien au ballet!) Et si j'avais un maillot Capezio, peut-être que ça aiderait? Non. La fille que je vois dans le miroir a seulement besoin de répéter les mouvements pendant mille ans. Pas d'un nouveau maillot! Ça me console. Un peu...

Ma voisine de droite, Mathilde, est une excellente danseuse. À la pause, je lui ai demandé d'où elle venait parce que c'est ce qu'on fait quand on veut en savoir un peu plus au sujet de quelqu'un. C'est une CHOUETTE fille. Son seul défaut: elle est inscrite à un programme de danse-études depuis l'an dernier. Ça paraît presque pas qu'elle danse tous les jours... (C'EST DE L'IRONIE!) Mais elle a remarqué mes ongles: fond blanc, pois rouges.

De retour à la maison, je donne des nouvelles à Antoine. J'imagine que ça lui fait PLAISIR.

Léa

Antoine, je reviens d'une leçon de ballet. Trop cool. Toi ?
Comment va ?

Il ne m'a pas écrit depuis des jours. Il ne lui est sans doute rien arrivé d'époustouflant.

Un rapide coup d'œil à sa page Facebook. Manifestement, l'école finlandaise n'a pas expulsé Heidi-la-filiforme depuis hier. Elle trippe sur tout ce qu'ANTOINE dit ou fait. *He is really amazing!* J'ajoute un commentaire à la suite de HEIDI. Du type : *You're so right! He is!* Ben quoi. C'est vrai. C'est encore mon chum, même s'il s'est transformé en homme INVISIBLE depuis qu'il est en Finlande...

25 SEPTEMBRE

J'ai mal partouuut. Chaque pas que je fais est plus difficile que le précédent. Mes jambes me font souffrir. Mes cuisses brûlent. J'ai pas envie d'aller au cours d'éduc ce matin. J'ai pas envie de faire des sauts de lapin et des redressements assis et d'autres trucs inutiles. Pas envie de couler ce test alors que je suis la reine des sauts de lapin, en temps normal. Alors, j'ai pris ma vie en main !

– Papa, peux-tu signer ce billet ? je demande à mon père en lui tendant mon agenda.

99

Mon père jette un œil sur le *TEXTE* vraiment bon que j'ai rédigé en me levant:

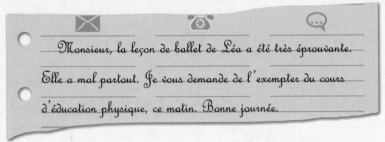

Monsieur, la leçon de ballet de Léa a été très éprouvante. Elle a mal partout. Je vous demande de l'exempter du cours d'éducation physique, ce matin. Bonne journée.

– Je ne signerai pas ça, Léa, déclare mon père entre deux *b'zzzzzzzzzzz* du mélangeur.

Le *LIQUIDE* verdâtre, ça doit être un autre de ses *smoothies* protéinés...

– Je peux savoir pour quelle bonne «mauvaise» raison? je questionne en faisant peut-être un peu trop d'attitude.

– Parce que l'exercice, c'est bon pour la santé, jeune fille!

– Si c'est si bon que ça, pourquoi t'en fais jamais?

C'est vrai. Si c'est *BON* pour moi, c'est bon pour lui!

– Tiens, bois ça. Ça met de bonne humeur...

Mon père a refusé de *signer* mon billet ET il n'a pas justifié son *refus* pas rapport!!! Pour éviter de répondre à ma remarque top pertinente, il m'a *OFFERT* un smoothie protéiné (qu'est-ce que je disais!) aux épinards, aux fraises et au yogourt. BEURK! Je n'oublierai JAMAIS ça!!!!!!!!!!!! (La couleur immonde de son truc *et* son refus injustifié.)

Une fois dans le bus, j'ai demandé à Lily quelles filles tournaient autour d'Antoine l'an dernier. Idée folle que ma mère a implanté dans mon cerveau trop influençable et que mes neurones ramènent à la surface ce matin.

Sa première réaction: «Je ne sais pas de quoi tu parles, Léa.» *Sa seconde:* (Après que je lui ai fait ma face *foule* incrédule.) Elle a nommé deux FILLES de secondaire cinq qui sont aujourd'hui au cégep.

– QUOI??????????? Et tu m'en as même pas parlé? Merci, Lily! Merci beaucoup!

– Ça aurait donné quoi? Antoine s'en rendait pas compte. Sauf quand les filles lui glissaient des papiers dans son casier. Même là, il les chiffonnait et les lançait dans la poubelle en sautant comme un JOUEUR des Globetrotters de Harlem.

– ELLES GLISSAIENT DES PAPIERS DANS SON CASIER??!!?? Qui t'a dit ça? Guillaume, je suppose!

– Ben oui...

– Je peux pas croire que tu m'as rien dit!

101

Je voulais lui demander son avis au sujet du point de vue de ma mère sur **HEYDY**. Mais ça devra attendre, parce que le **radar** de **PVP** fonctionne à plein régime. C'est moi ou la journée débute mal?

J'ai demandé au prof d'éduc la permission d'être exemptée des sauts de **LAPIN** pour cause de leçon de ballet trop intense. Il m'a dit qu'il y réfléchirait. Il est beau, mais quand même adulte. Ce qui signifie qu'il n'est pas si *chill* que ça!!! Note à moi-même: avertir Sabine – qui est amoureuse de lui en secret – de ne surtout pas laisser **TACTAC** pour lui!

Lily s'est mise en équipe avec l'**HYPOCRITE** Guillaume. Ils ont fait quarante et un sauts. Pas trop mal. Je passe en dernier, avec Lancelot et Émilie. Le prof a eu le temps de réfléchir, mais sa réponse est que le soccer commence la semaine prochaine (pas du soccer!!!!!!!!) et qu'il doit en finir avec les évaluations.

Premier saut. Je vais me **dissoudre**. Deuxième saut. Dissolution en cours. Je lâche pas même si mes cuisses brûlent. Les trois, on s'encourage. Soixante-deuxième saut: là, c'est vrai. On n'en peut vraiment plus. On arrête. Nous obtenons la plus haute note et je suis trop fière de moi!! (Et je suis (un peu) contente que le prof m'ait forcée.) Il m'a fait un giga sourire (**CRAQUANT !!!**) et m'a félicitée en soulignant que, parfois, c'est une bonne idée de repousser ses **LIMITES**. J'avais raison: beau mais atteint d'adultite aiguë!

Cette semaine, c'est encore mon coprésident de classe qui lit les communiqués. Il est tellement **HEUREUX**, c'est pas croyable.

– Permettez-moi de vous rappeler que la date limite d'inscription pour le voyage culturel à Boston, qui aura lieu pendant le week-end de l'Action de grâces, est le 4 octobre. De plus (Phil, lis pas les communiqués **M** **O** **T**, à mot. Improvise un peu !), notez bien (tu peux faire mieux que ça !) que les auditions pour intégrer l'équipe d'athlétisme auront lieu le 30 septembre !

Le prof de math remercie PVP et nous annonce qu'il y aura un **TEST** la semaine prochaine. Ce serait bien que le président de la classe n'ait pas l'air trop content quand le prof annonce un test. Si Lily pouvait cesser de me faire des **SIGNES** désespérés, disons que ça m'arrangerait aussi. Je l'ignore, parce que je lui en veux encore de ne pas m'avoir dit que toutes les filles (deux, en fait) de secondaire cinq **capotaient** sur *Antoine*.

Ce midi, j'ai eu la dernière portion de pâté **CHINOIS**. J'y ai vu un message du destin. On ne peut pas rester fâché lorsqu'on mange du pâté chinois. Donc, j'ai pardonné à Lily son manque de solidarité féminine.

Lancelot était en **F** **E** **U**. Il nous a raconté ses prouesses à *Dofus*, un jeu de rôle super populaire, tout en obstinant **PVP** au sujet d'une parabole vraiment complexe à résoudre.

Quand on a eu terminé, on a décidé d'aller dehors. Les **MURS** beiges de l'école, on en a un peu marre.

On a donc rapporté nos cabarets au comptoir (parce que c'est ce qu'il faut faire). Aucun **DANGER** qu'ils se sauvent, Brisebois les surveille. PVP n'a pas placé le sien comme il faut. Elle l'a averti, ce qui nous a tous bouleversés, PVP le premier. *Constatation :* Brisebois occupe un poste capital dans la hiérarchie scolaire. *Bravo !*

On a *chillé* dehors. J'ai demandé des nouvelles de Sandrine à Lancelot. (Est-ce que ses souliers ont encore la couleur «contenu **STOMACAL** de Léa», depuis La Ronde? Nooon! Je lui ai pas vraiment posé cette question-là.) Il a rougi, puis m'a annoncé qu'ils ne se voyaient plus. Est-ce que je lui ai demandé pourquoi? Non. Parce que je **CAPOTAIS** trop.

Dans le bus, Lily a sorti son **COIN-COIN** rien que pour moi. C'est un calumet de paix version moderne. (Nous avons assisté à un cours d'**HISTOIRE** au sujet des Amérindiens cet après-midi et ça m'a marquée!)

– Quatre/guimauve! ai-je lancé avant que Lily n'ouvre la bouche.

Ce que tu cherches n'existe pas, sois réaliste!

Lily a récité la phrase (qu'elle connaît par cœur) en me regardant **droit** dans les yeux.

– Qu'est-ce que tu cherches, Léa? est intervenue Moucheronne, toujours aussi **collante**.

– Je le sais pas, ai-je répondu sèchement pour avoir la paix.

J'ai menti à **Moucheronne**, mais je n'ai pas convaincu Lily. La preuve:

25 septembre

1 Réponse simple à problème complexe, ma chou.

2 Je sais tellement!

3

Et c'est pas sur Facebook que je la trouverai!!! **HEIDI** veut devenir mon amie. **AU SECOURS !!!!** Moi? Devenir l'amie d'une fille qui **tourne** autour d'Antoine? Pas question! Nooon!...

Mon père dit souvent qu'il faut garder ses ennemis proche. Pour les avoir à l'œil, **GENRE**. Ça s'applique à Heidi aussi? **OH QUE OUI!** Demande d'amitié acceptée!

ANTOINE a répondu à mon message à propos de mon premier cours de **BALLET** :

Antoine

Content pour toi. Moi, je m'entraîne pour le demi-Ironman. C'est intense. Les études : pas si facile, en anglais, finalement. Tchaw !

Léa

Comment va ? Moi, correct. Tu devrais voir le coin-coin extra-lucide de Lily. Tu rirais. Tu as des photos de ton truc Ironman ? J'aimerais ça, te voir en action.

À+. ♥U

27 SEPTEMBRE

Je mange mes céréales en **LISANT** le **texte** inspirant au dos de la boîte. Mon père entre dans la cuisine, l'air étrange. À part mes livres de français, rien ne traîne (trop) **ICI**. Alors, son air bête est to-tal inexplicable.

– Léa, tu ramasseras tes livres, dit-il avec trop d'originalité.

– Papa, je ferai ça ce soir à mon retour de l'école. Promis, je conclus sans **CROISER** les doigts dans mon dos.

– Je comprends que ça te fatigue de grandir, Léa. Ça peut attendre à ce soir !

– …

Ouate de phoque! Mon père est TOMBÉ sur la tête. **Un:** je ne grandis plus (beaucoup). Donc, source de fatigue négligeable. **Deux:** ça vient d'où, une déclaration aussi *weird*? D'un livre de psycho des ANNÉES 1970?

Dans le bus, je chuchote cette déclaration pas rapport à Lily, qui n'entend rien parce que la chef de l'essaim de moustiques nous **bizzbizze** autour. Son objectif: capter des bribes d'une conversation top CONFIDENTIELLE. Notre objectif: protéger ce qui reste de notre vie privée! **Urgence agenda!**

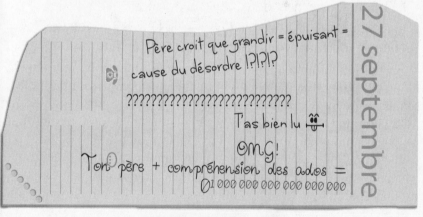

Père croit que grandir = épuisant = cause du désordre!?!?!?

??????????????????????????????

T'as bien lu 😛

OMG!

Ton père + compréhension des ados = 01 000 000 000 000 000 000

Cours de sciences. Le prof nous explique comment déchiffrer le TABLEAU périodique des éléments. C'est tellement *faf*! J'écris donc des messages à Lily au sujet d'Antoine. Si je **manque** des bouts importants pour l'examen, je demanderai à PVP. Il note tout ce que le prof dit.

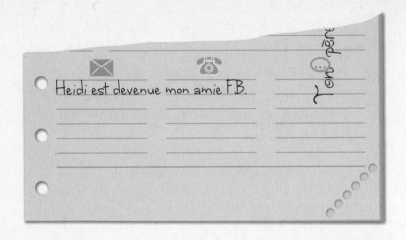

Je donne mon agenda à Lancelot, qui le **PASSE** à Lily. Je regarde dans la direction de ma *BFF*, qui **griffonne** sa réponse. Elle dépose mon agenda dans le sac d'école de Lancelot, qui le dépose dans le mien (entre nos deux bureaux), après avoir lu le message de Lily et avoir **GRIBOUILLÉ** quelque chose ensuite. (Non... j'ai pas écouté le hockey, hier!)

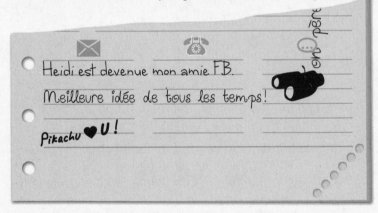

Lily a **dessiné** des lunettes d'approche à côté de son message. Elle est de mon avis et elle croit que je fais bien de garder un œil sur **HEIDI**. Pikachu m'**aime**?

Heidi est devenue mon amie F.B.

Meilleure idée de tous les temps!

Pikachu ♥ U!

J'♥ Pikachu too!

– Bon, pour «chlore» le sujet... Clore, chlore... hé hé hé! – L'as-tu compris, ti-gars (il s'ADRESSE à Lancelot)? – vous ferez les exercices de la page 32 de votre cahier.

28 SEPTEMBRE

Je suis au petit café. On se calme, Gabriel ne travaille pas aujourd'hui. Mon cahier de sciences est ouvert à la %&?·$&?& page 32 et j'essaie de comprendre les exercices sur le tableau périodique en buvant un chocolat chaud. Trop *difficile*, le secondaire quatre!! Je suis assise au comptoir qui fait face à la FENÊTRE. Ma place préférée. Philippe arrive et je lui fais signe. Il rougit (calme-toi, on se connaît depuis le secondaire un. C'est toi-même qui le répètes tout le temps) et me rejoint. On s'est donné rendez-vous ici parce que c'est l'endroit le plus **cool** du quartier.

– Léa! Ta réponse à la Découragée est vraiment bonne, dit-il en s'installant à côté de moi.

– Merci, Phil !

Il **rougit** encore. Ben là, j'ai juste dit *merci !*

– J'ignorais que t'aimais le cinéma à ce point-là, rajoute-t-il.

– Quand j'aime un film, je le connais par cœur ! Je sais, j'ai pas de vie, des fois.

– ...

– Tu sais pas quoi ? Madame Elle a reçu d'autres courriels ! Ça marche trop, le courrier du cœur.

– Attends que le premier numéro de *La Gazette* soit publié, Léa. Tu vas en recevoir encore plus et être débordée...

– Changement de sujet, Phil : peux-tu m'expliquer comment lire le tableau périodique ? (Regard **Sévère** de sa part.) Je sais... J'étais distraite pendant le cours. Je ne recommencerai plus, promis !!! (**Il doute ?**) Juré !!!

Il a tenté de me faire son air de directeur des **ANNÉES** 1950. Effet raté. Il a éclaté de rire et il m'a expliqué tout ce qu'il y avait à comprendre sur l'hydrogène et ses nombreux amis. J'ai fini mon devoir. On a mangé un muffin aux **bananes** et à la coriandre (meilleur que ce que son nom laissait présager) et on est rentrés chez nous. J'ai presque oublié que **HEIDI** assistait aux entraînements de soccer d'**ANTOINE**, ce week-end. J'ai dit presque !

Deuxième leçon de ballet. Les étirements sont difficiles à faire, ce soir. Mon dos ne plie pas assez au goût de ma professeure. J'ai chaud. Mes **COLLANTS** piquent. Mademoiselle *Capezio* a amené ses pointes[20]. Je sais pas pourquoi elle a fait ça, personne ne nous en a donné la consigne. À part pour souligner qu'elle en a, *elle*. Ses POINTES la désta-bilisent. La preuve? Elle exécute mal les exercices. Je ne dis pas ça pour la rabaisser. La prof s'en est chargée à ma place. Elle a fait venir mademoiselle Capezio à l'avant pour CORRIGER ses mouvements devant tout le monde. Intense malaise dans le studio. La prof se prend pour Abby Lee Miller[21] ou quoi? Je ne croyais jamais dire ça un jour, mais, à côté d'elle, nos profs d'école sont méga cool.

Je crois que je ne monterai jamais sur des pointes. Raison numéro 1 : J'ai le VERTIGE. Raison numéro 2 : Euh, ben, j'ai le vertige. Raison numéro 3 : Je danserais comme un **pantin** désarticulé si mes orteils étaient tout écrabouillés dans le fond de ces cruels chaussons!

---

20. Chaussons de ballet 2.0 destinés à récompenser le talent d'une ballerine particulièrement douée en lui écrasant les orteils.

21. Abby Lee Miller est une professeure de danse intense et cruelle. Écoutez l'émission *Mamans, gérantes d'estrade* si vous doutez de mon jugement!

Facebook. Silence radio d'Antoine. Et HEIDI a posté sur son mur touuutes les photos qu'elle a prises ce week-end pendant l'entraînement de SOCCER. (Et Ironman? **Pfff!**) Dont une d'elle en compagnie d'Antoine. **Ouate de phoque!** Elle a choisi cette photo comme photo de profil. **Ouate de phoque au carré!!** Je voulais vraiment écrire à Antoine, moi? J'avais certainement autre chose au programme. Comme… me laver les cheveux!!!

2 OCTOBRE

Ce matin, il fait beau. Soleil, feuilles rouges. Il fait cinq degrés Celsius, c'est moins beau. Dire qu'hier, on crevait. Nous portons nos shorts en cours d'éduc, malgré le froid sibérien. Le molletonné aux couleurs de notre belle école ne nous réchauffe pas. Nos BAS trois-quarts, qui arborent les toujours aussi magnifiques couleurs de notre école, ne sont pas très chauds non plus. Pas question de porter des **PANTALONS**, c'est anti-soccer, sport que je n'aimais déjà pas beaucoup et que je déteste plus que tout depuis hier soir à cause de vous-savez-qui!

Le prof trop beau est tellement en forme, ça tape sur les **nerfs**. Nous avons tous déposé le pied droit sur un ballon de soccer. Nous attendons notre tour pour nous élancer vers un **FILET** imaginaire afin de compter un but fictif. Cet exercice va faire de nous des recrues de choix pour l'Impact de Montréal!

J'ai le nez rougi à cause du froid. J'aimerais le glisser au creux du cou chaud d'**Antoine**... Au lieu de ça, je raconte mes problèmes de cœur à Émilie et à Lily. De la buée sort de ma bouche pour me rappeler que je gèle. Les filles sont sans voix. On comprend toutes la même chose : **HEYDY** capote sur **ANTOINE** ! C'est tellement clair et c'est le pire signe au monde. Parce que je suis ici et elle, là-bas !

Le prof, qui n'a pas enlaidi depuis le début du cours, est debout devant nous. Il regarde Karo, qui tente de faire avancer son **BALLON** sans tomber. **Océane** ricane. Pas moi ! Je suis plus *poche* que Karo !

J'ai de la difficulté à bouger à cause du ballet. Je tiens à souligner que le ballet, c'est plus exigeant que le soccer. Plus élégant, plus gracieux et plus mature, aussi. Lorsque le prof me fait signe, je m'élance **MOLLEMENT**. Objectif : en finir le plus rapidement possible avec cette démo inutile. Je pense à **HEYDY** et à sa mine extatique. Je revois la face réjouie d'Antoine. Je donne un coup de pied sur le ballon, qui passe par-dessus la clôture pour atterrir dans le cimetière. Je hais ce sport débile !

Je suis retournée dans le vestiaire en repassant la situation dans ma tête. Qu'est-ce que je peux faire ? Rien ! C'est ça qui m'énerve le plus. **ANTOINE** est loin. Mais je sais tout grâce à  Et je n'y peux rien ! La journée sera longue. L'année ? Encore plus ! Il reste trois cent trois jours avant son retour !

C'est mon tour de lire les communiqués, cette semaine. (On ne peut pas toujours perdre à roche-papier-ciseaux!) Celui que je tiens dans mes mains va créer toute une **COMMOTION**...

– Vous allez aimer ce communiqué-là. (Excellente tactique pour ramener le SILENCE dans la classe. Je note.) La direction annonce qu'une page Facebook *Spotted* – EISL est maintenant ouverte. (La prof d'art dram doit intervenir pour calmer tout le monde.) Un modérateur a été désigné. Vous êtes invités à lui faire parvenir vos messages. **BROUHAHA** trop intense! Je regarde en direction de Phil. Est-ce que c'est lui, le modérateur? Ça lui conviendrait, il aime tellement la discipline!) La direction vous rappelle que le code de vie s'applique aussi dans *Spotted*. Ne me huez pas, groupe! Merci!

Je retourne à ma place. Lily **capote**. Lancelot capote. Émilie se fait une COUETTE para-pluie parce que *Spotted* ne bouleversera pas sa vie, et Karo essaie d'attirer l'attention de **PVP**, qui me regarde, convaincu que j'ai inventé ce communiqué pour me faire remarquer. Conclusion: c'est pas lui, le modérateur! *Quoique...*

La prof d'art dram nous annonce son plan de match. **CHOISIR** le sujet de notre pièce. Réfléchir à l'intrigue et au déroulement. Tout ça en deux périodes? **Faf!** On aura le temps de jaser! **Phil** s'étant autoproclamé chef de notre équipe, il a posé la question qui **tue**: quel sera le sujet de notre pièce?

– Euuuh! Ben..., a précisé Guillaume avec verve (mot que ma mère emploie trop souvent à mon goût).

PVP n'a rien écrit sur sa feuille. Il dessine des **spirales** en soupirant.

– La famille, lance Émilie. L'insupportable famille...

Elle habite chez sa mère, cette semaine? En tout cas, **PVP** a inscrit son idée. C'est certain qu'on est des spécialistes de la vie de famille. On n'a fait que ça depuis notre **NAISSANCE**!

– Les parents qui ne comprennent rien et qui sont toujours sur notre dos, grogne Lily. Qui veulent qu'on se confie, mais, si on a le malheur de le faire, ils nous annoncent qu'on a tort ou mieux, ça se retourne contre nous. Les petites sœurs chouchoutes qu'il faut endurer, traîner partout, garder et surveiller parce qu'on est la plus vieille et qu'il faut donner l'exemple et être raisonnâââble... (Émilie **hoche** vivement la tête. Elle est de l'avis de Lily, on dirait.) Je continue?

Philippe est en **transe**. Il a noté le *sploutch* mental de Lily. Il aura certainement des choses à raconter sur ce sujet, lui aussi; son père est tellement exigeant.

– Léa? me questionne Phil, le **CRAYON** prêt à toute éventualité.

– Moi? J'ai pas grand-chose à ajouter. Peut-être un père qui capote sur le rangement et sur les protéines.

Tout le monde pouffe.

– Riez pas! Hier, il m'a parlé comme si j'étais débile parce que j'ai laissé traîner *Les rivières pourpres* dans le salon! C'est pire que l'armée, chez nous!

Le chef de notre équipe a **NOIRCI** une feuille de **CARTABLE** complète avec nos idées. La cloche a sonné. On tient notre sujet : la vie d'un ado dans sa famille **PAS RAPPORT**. Pour l'intrigue et le déroulement, on verra.

3 OCTOBRE

Aucun message d'**ANTOINE** sur Facebook. Alors, je m'occupe de celui qui traîne dans la boîte de madame Elle depuis quelques jours.

À : courriermadameelle@gmail.com
De : pierreanonyme@gmail.com
Objet : Comment laisser ma blonde ?

Salut, madame Elle,

Je sors avec une fille depuis un mois. Je m'aperçois que j'aime pas ça, avoir une blonde ! Elle aime pas les mêmes affaires que moi et ça m'énerve. J'aime (pour un gars qui veut **CASSER**, tu as écrit trois fois le mot « aime » en trois phrases. Branche-toi !) mieux niaiser avec mes amis en écoutant le hockey et en buvant du Pepsi. Mais je sais pas comment casser. Je veux pas qu'elle pleure sa vie ou des affaires comme ça. Comment lui faire comprendre gentiment que c'est fini ?

Un gars qu'on va dire qu'il s'appelle Pierre

Ouate de phoque! Pourquoi moi? Pourquoi aujourd'hui? Octobre serait devenu le mois officiel des *RUPTURES* et personne ne me l'aurait dit? Comment je peux répondre à cette question? Je me la pose moi-même et je sais pas quoi faire. Et *ANTOINE* se la pose certainement aussi… Mais peut-être pas. Des fois, les gars sont pas vite, vite. Ils attendent que la réalité leur fonce dessus pour *SONGER* à commencer à réagir.

Qui peut m'aider? PVP? Il a rompu avec Karo, sa première et unique blonde. Et c'est à cause de lui que je lis ce cruel courriel. Lancelot? J'aime mieux pas. Sa rupture est trop récente. Lily? Elle a laissé Jérémie. *UN POINT* pour elle. C'est une fille… Un point contre elle! Je sais! Jérémie lui-même!!! C'est le spécialiste en ruptures de notre école. Il connaît certainement une technique infaillible, parce que toutes ses ex sont *encore* amies avec lui!

Léa
Jérémie, t'es resté ami avec toutes tes ex. C'est quoi, ton truc? Je te demande ça… pour une amie. Ta grande expérience (j'exagère, je sais) pourrait lui être utile. Bizz

Jérémie
Ma belle, pourquoi t'es encore amie avec moi?

Léa
Ha! Ha! On est sortis ensemble en troisième année du primaire, entre le dîner et la fin de la journée, Jé. Ça compte pas! Je suis ton amie parce que… t'es distrayant, genre.

Jérémie
Et attachant ! Comment va ?

Léa
Bof…

Jérémie
Antoine ?

Léa
Ouin…

Jérémie
Tu es distrayante et attachante. Oublie jamais ça !

Léa
À+. *Love U !*

Il a pas **vraiment** répondu à ma question, lui !

Cher Gars qu'on va dire qu'il s'appelle Pierre,

Je ne suis pas la meilleure personne à consulter. Un :
Je suis une fille. Deux : Je n'ai jamais rompu, sauf à la
maternelle, parce que le gars a détruit mon fort en hurlant
comme King Kong. J'ai alors compris que je n'aimais pas
le type *Terminator* et je lui ai crié devant tout le monde :
« T'es pus mon chum ! » Bref, comme tu peux le constater,
mon expérience est limitée.

Mais au rayon « façons *poches* de laisser une fille », j'en connais assez pour te dire ceci : oublie les textos. Rompre par texto pourrait lui causer une phobie éternelle de la technologie. Pas bon, à notre époque. Même chose pour les courriels et le téléphone. Tu comprends que c'est préférable de lui faire face. En public ou en privé ? À toi de voir. Mais je dirais que l'autobus scolaire n'est pas le meilleur endroit : il y a trop de témoins qui risquent de vous espionner et de vous déconcentrer. Si tu choisis la café, attends le jour du pâté chinois. Moi, si on me laissait, j'aimerais manger du pâté chinois ensuite. C'est un plat qui me console à tout coup. En même temps, ça pourrait lui faire détester le pâté chinois pour le restant de ses jours (tellement triste !).

Conclusion : choisis un plat qu'elle aime, mais pas à la folie.

Tu crains qu'elle pleure sa vie ? Mauvaise nouvelle !

C'est certain qu'elle va pleurer sa vie : c'est une fille !

(**OhMonDieu!** Il peut pas me voir, mais mes yeux sont remplis de **LARMES** parce que sa question me rappelle que je devrai, moi aussi, prendre ma vie en main si **HEIDI** ne se **CALME PAS**! Sauf que moi,

la «moins pire» façon de procéder, ce sera par Skype!
Ensuite, je devrai DÉCROCHER mon poster...
Étape la plus compliquée. Parce que j'ai le vertige! OK.
Pas seulement à cause de ça.)

Heureusement, tu ne m'as pas demandé quoi lui dire.
Comme mon expérience se limite à hurler à côté d'un fort
en ruine en essuyant mon nez qui coule, il est plus qu'évident que je ne connais pas la formule magique qui ne fera
pas mal à ta copine!
Un conseil, cher Gars qu'on va dire qu'il s'appelle
Pierre : assure-toi d'avoir des bonbons dans tes poches,
ça donne du courage!

Madame Elle,
qui mange des bonbons pour te porter chance!

5 OCTOBRE

Début d'après-midi. Je suis chez Lily. On décortique
les pages Facebook d'♥♥♥♥♥♥♥ et de HEIDI.
Elle a assisté à la partie de soccer d'Antoine, hier. (Il ne
fait que ça, du SPORT! Il participe aux entraînements et il joue et il se prend pour l'Homme de FER
et ça recommence.) C'est le meilleur et il est encore
et toujours aussi *amazing*! On se demande pourquoi

elle le surnomme Chuck. Vraiment **NÉBULEUX** ! Il a poliment répondu à mes courriels, mais je vois bien qu'il n'a plus rien à me raconter. Moi ? C'est pas mieux de mon côté.

– Lily, je me trompe pas, hein ? Son cœur est en Finlande ? ai-je conclu, les yeux pleins d'eau.

– Ma chou, en temps normal, t'as trop d'imagination et tu le sais. Je te le dis chaque fois. Mais là, t'inventes rien, a constaté tristement ma *BFF*.

– Ça me tente pas de casser..., ai-je sangloté.

Lily s'est aussi mise à pleurer. **Moucheronne** a bûché dans la porte. On l'a ignorée. Elle nous a certainement entendues, car elle s'est calmée. Quand les réservoirs ont été à sec, on s'est **MOUCHÉES** et on a éteint l'ordi. Puis, on est allées au *dep* voir s'ils avaient reçu de nouvelles variétés de bonbons. Moi, en vélo, Lily, sur la planche à **ROULETTES** de Moucheronne (qui est sortie de la maison en hurlant). Les bonbons, ça donne du courage, et je vais en avoir besoin. Le mieux qu'on ait trouvé ? Des Skittles **Mystère** !

Je suis sur Skype avec **ANTOINE**, qui revient de sa énième partie de soccer. Il a gagné. Il a compté plein de buts, ce qui a fait de lui (pour changer) le héros *amazing* du match (et de **HEIDI**). Il est trop beau, juste un peu décoiffé et les joues rougies. On s'est dit des **trucs** insignifiants, puis je me suis lancée, un bol de Skittles à côté de l'**ORDINATEUR** :

– Antoine, j'ai pensé à ça dernièrement...

– À quoi?...

Il parle toujours aussi **BIEN**.

– Ben, à nous deux, là...

– Ouais... nous deux...

Il a pas l'air **étonné**.

– Et... je pense que c'était pas une super idée de faire semblant qu'on sort toujours ensemble pendant que t'es en Finlande.

– ...

– On dirait que t'es d'accord avec moi?

– Léa, il faut que je...

STOP!!! Je ne veux rien entendre à propos de ton Yseult qui te trouve *so amazing*!

– Si tu veux parler de Heidi, tu peux laisser faire, je sais...

– ...

– *She's* capoting *on you, Chuck!*

Il sourit et **ROUGIT** en même temps. Deux choses qu'il fait toujours aussi bien.

– Ouais...

Il a pas l'air très **à l'aise**.

– On est d'accord, Antoine?

– On est d'accord, Léa. Je... On reste amis?

– On reste amis.

Surtout, ne pas **PLEURER** devant lui!

– Je suis désolé, belle Léa...

Est-ce que c'était un **tremblement**, dans sa voix?

– ... (Gloup!)

Tout s'est alors mis à tourner autour de moi. Je voyais embrouillé. J'avais  au cœur. Dans tous les sens du terme.

Signes secrets dans la fenêtre de Lily. Sonnerie téléphonique. ⚡**CRIS**⚡ de mort de mon père pour que je décroche le combiné.

– Alors, ton couple, c'est du passé, ma chou? demande **timidement** Lily.

– C'est du passé, ma chou.

– Qu'est-ce qu'il a dit? questionne Lily.

– C'est moi qui parlais tout le temps. Je l'ai pas laissé dire grand-chose.

– Vous êtes restés amis, je parie!

– ...

Lily trouve ça **CRUCHE**, rester ami avec un **ex**. Moi, je pense que quand l'ex, c'est

Antoine, ce qui serait cruche, ce serait de ne plus être amis.

– Viens-tu voir le film *Gabrielle* avec nous, ce soir? C'est Guillaume qui t'invite. Il offre même le *pop-corn*!

C'est un film d'amour, ça, me semble? Certainement pas pour moi. Pas aujourd'hui. Pas envie d'INONDER le cinéma avec mes larmes.

– Merci, mais j'ai prévu... me laver les cheveux, ce soir! je lance comme ça, parce que je ne savais pas comment dire non.

– T'as raison, faut rester propre en toute occasion, ma chou, énonce Lily avec sagesse.

– Je sais...

Lily est au **courant**, donc, c'est réel. Je n'ai plus d'amoureux...

Pâté chinois
et tarte
aux pommes

Je n'ai pas beaucoup dormi. Un : J'ai changé mon profil Facebook. Suis passée d'EN COUPLE à Célibataire. Ça m'a fait drôle. Deux : J'ai essayé de décoller le poster d'ANTOINE. Mission impossible. Alors, j'ai découpé un rectangle de CARTON noir que j'ai mis sur ses yeux. Je ne tiens pas à ce qu'ils me fixent. Je l'enlèverai une autre fois. Trois : J'ai relu mes conseils au Gars qu'on va dire qu'il s'appelle Pierre. Il est mieux de pas savoir comment on se sent après avoir rompu ! Quatre : J'ai fait la TOUPIE dans mon lit le reste de la nuit.

Ce matin, mon père a fait ses célèbres gaufres. Quand je suis entrée dans la CUISINE, il m'a regardée en riant et m'a demandé si je m'étais battue avec mon oreiller. J'ai éclaté en SANGLOTS, ce qui a réveillé ma mère. Elle a surgi dans la cuisine, l'air catastrophée.

Elle a voulu savoir ce qui se passait. J'ai simplement prononcé : « Antoiiine »... et les larmes ont à nouveau inondé mes joues. Paniqué, mon père a tenté de me consoler avec des encouragements d'une redoutable efficacité.

– Léa, y a pas juste un poisson dans la mer. Tu vas en trouver un autre !

Il a comparé **ANTOINE** à un POISSON ? Il est malade ! Mes larmes ont figé sur mes joues quand j'ai entendu ça.

– Jean-Luc, si tu n'as rien de mieux à dire, ce n'est pas interdit de te taire, a lancé ma mère en colère. (Bien envoyé !) Léa a le droit de vivre sa peine. (Ouiii, **SNÎF !**) On est là pour l'appuyer. (Merci, Mamounette.) T'as jamais eu de chagrin d'amour, toi ? T'as la mémoire courte...

Stop ! Stop ! Stop ! J'ai posé une question sur le passé amoureux de mes parents, moi ? Aucun souvenir !

– Allô-ô ! Vous êtes peut-être pas au courant, mais je suis ici et j'entends tout ce que vous dites !

– Léa, tu me rappelles lorsque j'ai laissé Marc, commence ma mère doucement. J'étais tellement triste ! Je me suis même fait faire une coiffure afro pour me changer les idées.

Qui est ce Marc ? Je veux pas le savoir. Une coiffure **AFRO** comme les Jackson Five ? Je peux tellement pas l'imaginer comme ça ! Elle me fait honte rétroactivement !

– Ouate de phoque, maman ! C'est pas pareil. On parle d'Antoine, pas de ton Marc.

Ma mère est si étonnée par ma remarque qu'elle ne relève pas l'EXPRESSION que j'ai utilisée au début de ma réplique et qui n'est pas sa préférée. Je l'ai échappé belle.

– Veux-tu une gaufre, Léa? demande mon père.

– Je sais pas pourquoi, mais j'ai pas faim!

Je suis retournée dans ma chambre. Mes ongles ont besoin d'une nouvelle couleur. Le **NOIR** conviendra parfaitement à mes états d'**âme**!

7 OCTOBRE

Dans le bus, **PVP** s'approche de moi. Il serre mon épaule sans dire un mot. Moucheronne **bizzabizze** quelque chose à son **ESSAIM** en me dévisageant du coin de l'œil. Quand Lily, qui a bricolé un coin-coin géant, lui crie de se mêler de ses affaires, **Moucheronne** lui tire la langue. Sa langue est bleue! Elle a mangé quoi, ce matin? De la **CONFI-TURE** de Schtroumpfs?

Merci, Lily!

T♥

Sabine m'attend devant ma case pour me faire un **câlin**. Émilie aussi, même si elle a l'air de se demander pourquoi. Karo s'est arrêtée pour me dire que les gars sont tous pareils. Erreur! **ANTOINE** ne ressemble à personne. Il EST et il sera toujours Antoine.

Dans le BOCAL, tout le monde me regarde d'un air désolé. Je ne sais pas quoi faire alors je fais un signe de la main. Un genre de bye bye de Miss Univers. Il n'y a que Lancelot qui soit normal. Il me fait le compte rendu de ses prouesses dans *Dofus*. Les niveaux qu'il a franchis. Les objets importants qu'il a gagnés. Les adversaires qu'il a neutralisés. Il est cool, Lancelot. Ça fait du bien.

Ce que je retiens: Facebook est vraiment populaire chez les *Verts*. Plus que son cousin *Spotted*, d'après ce que j'ai constaté en deux jours. Tout le monde semble **AU COURANT** de mon changement de statut.

La prof de français nous demande de **RANGER** *Les rivières pourpres* dans notre pupitre. Une autre adulte qui capote sur le rangement? Mon père et elle devraient former une association. **OUATE DE PHOQUE!!** Le test de compréhension de lecture! J'avais complètement oublié, je n'ai rien révisé! Je me tourne vers Lancelot. **JE PANIQUE.** Lui? Il n'a rien révisé non plus et il ne voit aucune raison de paniquer. La prof distribue les questionnaires. Je capote tellement! La première question me dit quelque chose. OUF!

Je me trouve dans la salle de bains. J'ai survécu au test de lecture, tout est à peu près

SUR LA COCHE. Émilie entre en me souriant. J'oubliais presque : je vous ai dit qu'elle était anti-Facebook ?

– Ça va, Léa ? me demande-t-elle en ébouriffant sa courte FRANGE qui lui va si bien.

– Bof ! Correct. Toi ? T'es chez ton père, cette semaine, on dirait !

Quoi ?! La porte s'ouvre déjà ! Geoffrion. C'est de la dictature.

– Mesdemoiselles, votre mémoire flanche. (Vous savez pas à quel point !) Permettez-moi de vous rappeler que si vous avez terminé, vous devez réintégrer (elle a appris un nouveau mot, ce week-end ! Bravo !) votre local. Ce n'est pas un parloir, ici.

Émilie me regarde, découragée. Elle vient tout juste d'arriver. Moi, j'ai fini. Alors, je sors.

– Toi, là ! lance la surveillante. (Elle s'adresse à qui ? Nous sommes DEUX, devant elle.) Émilie ! Tu dérouleras ta jupe.

Cette semaine, nos JUPES sont sur la *lista negra*[22] de Geoffrion ? C'est bon à savoir !

– ...

_____

22. Il m'arrive de parler espagnol. Vous devinez de quelle couleur est la liste dont il est question ?

Je suis devant ma case, à la recherche de mon **CAHIER** de sciences. **Phil** me rejoint.

– Comment se porte madame Elle? demande-t-il gentiment.

– Madame Elle va super bien. C'est Léa, le problème. Elle pensait pas que rompre, ce serait aussi difficile…

C'est moi, la fille qui fait des **confidences** à Philippe? Mais bon. Il a posé la question, alors, je suppose qu'il voulait savoir.

– Je sais, ajoute-t-il, en songeant probablement à sa **RUPTURE** avec Karo.

– Phil, j'avais oublié le test de lecture. J'aurai pas une super note…

– Tu sais, des fois, y a des choses plus importantes que l'école, dans la vie, déraille Philippe. Si t'as besoin de parler…

– T'es certain que tu vas bien? je lance au moment où la cloche sonne. Hiii! On est en retard!

Ouaip! Philippe et moi, en **retard** au cours de sciences. Lorsqu'on est entrés, le prof nous a regardés, renversé. **Quoi?** On est tellement parfaits qu'on ne peut même pas arriver une **MINUTE** après la cloche? **PVP** s'avance pour lire le communiqué, qui

131

traite de la partie de soccer de ce midi. **GRRR !** Je. Déteste. Ce. Sport. **NULLISSIME**.

– On va corriger le devoir, commence le prof lorsque mon coprésident termine sa lecture. Léa, tu peux répondre à la première question ?

Depuis les transferts d'agenda, il m'a à l'œil. J'ai mon devoir au téléphone avec Lancelot, vendredi. Je sais que j'ai tout bon !

Dans le bus, je suis assise avec Lily. Elle ne me demande pas comment je vais. Elle le devine. Elle agite son **COIN-COIN** géant sous mon nez. Les choix ? Un, deux, trois ou quatre, comme d'habitude ! J'ai choisi deuuux ! Puis... sciences, anglais, histoire ou français ! Tu parles d'un **ChOiX** ! Un coin-coin *nerd* ??? Français !

Catastrophe nucléaire ?
Mange des Gummy Bears !

On éclate de rire. Fini la Finlande porte-malheur. Pour me changer les idées, Lily propose un concours débile : qui sera la première à identifier une Coccinelle (la Volkswagen, pas l'**INSECTE**) sur la route. La dernière fois qu'on l'a fait, on était en quatrième année. On se rendait à Rawdon en autobus dans le cadre d'une **SORTIE** de fin d'année.

Comment je fais pour m'en souvenir? C'est l'année où le chauffeur était accompagné de sa blonde, car il ne connaissait pas «assez» le CHEMIN! Inoubliable.

Une **COCCINELLE** vaut un point. Une Coccinelle jaune compte double. Pourvu qu'on soit le premier à toucher l'autre concurrent. Objectif: être la première à cumuler VINGT points. Le prix: un sac de framboises suédoises. Résultat de notre trajet de retour: Lily: un point. Léa: zéro.

Mamounette m'annonce qu'aujourd'hui, on soupera toute la famille ensemble, avec LULU, et monsieur H. Un lundi? C'est pas un peu (beaucoup!) louche?

Lulu a préparé du pâté chinois. De plus en plus louche, compte tenu du fait que c'est mon plat préféré de tous les temps. Et une tarte aux pommes avec de la crème GLACÉE maison. Il se passe quelque chose, ici!

Tout le monde est trop gentil avec moi. Je dis pas qu'ils sont méchants d'habitude. Mais là, ils en font tous un peu trop.

Ce qui a éveillé mes soupçons (qui dormaient paisiblement avant le REPAS):

– Comment vas-tu, Léa? a demandé _____.

À insérer, au choix:

a) mon père, qui n'a pas fait de blague **NULLE** pour une fois ;

b) ma mère, qui n'a pas relevé un de mes gravissimes écarts de langage ;

c) monsieur H, qui m'a donné un paquet de GOMME à la cannelle ;

d) Lulu, qui m'a fait notre signe secret de quand j'avais quatre ANS ;

e) toutes ces personnes, mais pas en même temps !!!

– Super bien. Ton pâté chinois est *foule* bon, Lulu.

Je relève la tête. Ils m'OBSERVENT, à la recherche d'un signe de dépression ou pire, de folie.

– Qu'est que j'ai fait ? Qu'est-ce qui se passe ? OK. C'est quoi, la mauvaise nouvelle ? Maman qui n'est pas à Washington, alors que ça va *foule* mal pour Barack : pas rapport ! Papa, tu ne m'as pas demandé de ramasser mes bouteilles de vernis à ongles que j'ai laissées dans le salon : pas rapport ! Lulu et monsieur H, vous mangez ici un soir de semaine, alors que c'est moi qui soupe chez vous habituellement : pas rapport !

Ils se regardent tous, ne sachant pas QUOI répondre. J'ai KC quatre adultes d'un COUP, moi ? *Yessssss !!*

– Léa, on veut te dire qu'on t'aime et qu'on est là pour toi, dit ma mère, un trémolo dans la voix.

Ouate de phoque! Ma rupture les affecte tant que ça? Je les contemple. Malgré moi, je SOURIS. Je songe que, même s'ils ont pas rapport et qu'ils exagèrent, j'ai de la chance qu'ils soient là pour moi. J'ai les larmes aux **yeux**.

8 OCTOBRE

Ce soir, au ballet, la prof a pas mal insisté sur les étirements. Conclusion : je suis trèèès étirée. Mademoiselle **Capezio** était absente, ce qui a chagriné tout le monde (légère exagération). Elle sera déçue, la Miss, car la prof a souligné que, la semaine prochaine, les filles qui ont des pointes pourront les apporter. (Mouahaha! Petit rire DIABOLIQUE.)

Autre événement digne de mention : la déclaration d'amour **PASSIONNÉE** de notre prof pour la danse. À la fin du cours, Mathilde lui a demandé pourquoi elle a choisi la danse professionnelle. Elle se questionne au sujet de son avenir : ballerine ou professeure de géographie?

Réponse : danser, c'est **perdre** totalement **CONSCIENCE** de la présence des autres. C'est comme si, tout à coup, tu étais seule au monde. C'est puissant, la danse. Très puissant. Puis, la prof a essuyé la larme qui roulait sur sa joue.

Mathilde et moi nous sommes regardées, mal à l'aise. Elle est pas mal **intense**, cette femme!

Peut-être un peu trop. Moi, quand je DANSE, j'essaie de ne jamais oublier que je partage la scène avec d'autres. C'est plus prudent !

Facebook. ANTOINE m'a appris qu'il est en couple avec HEIDI. Il va changer son statut demain. Il voulait me l'annoncer en primeur mondiale. C'est fait. Je le savais avant qu'il ne me l'annonce. Pourquoi ? *Extralucidité.*

Tout va bien. Je n'ai rien à ajouter. Ne me demandez pas comment je vais. Poser la question, c'est y répondre.

9 OCTOBRE

Ma mère est ici et mon père est en VOYAGE en Oklahoma. Pour le déjeuner, je mange les muffins aux bleuets et aux bananes que LULU a faits rien que pour moi. J'ai les yeux cernés et je ne parle pas parce que je n'ai rien à dire de *foule* intéressant. Ma mère se concentre sur son café en feuilletant le JOURNAL. Tout à coup, elle relève la tête et me regarde. Qu'est-ce que j'ai fait ?

– Léa, as-tu pensé à t'investir dans une activité artistique pour sublimer ta peine ?

Lui ai-je demandé son AVIS ? Non ! Alors, c'est quoi, son problème ?

– Ma peine n'est pas sublime du tout, elle est atroce! (HÉSITATION. Est-ce que c'est sensé, cette déclaration? Autant que la question de ma mère.) Tu voudrais que je fasse quoi? Ça fait trois jours que j'ai cassé et Antoine est déjà en couple avec HEÏDY. C'est pas normal que j'aie du chagrin?

– Tu pourrais écrire des chansons!

Ouate de phoque à la puissance mille! Qu'est-ce qu'elle raconte?

– ...

Quand ma mère dérape, nouveau truc à l'essai: le silence. **Objectif:** qu'elle oublie ce qu'elle a déclaré.

– Il y a un atelier d'écriture à la bibliothèque municipale. (Avec Lulu et ses amies de l'âge d'or? YOU-PII) Ça t'aiderait à passer à travers cette rude épreuve.

Pour le silence qui rend amnésique, expérience *foule* ratée. Ça doit être le café... Idée: Je préférerais colorier des mandalas en noir et en gris dans mon sous-sol, à la place. C'est plus moi!

Ma mère croit vraiment que l'écriture de chansons me fera oublier que j'ai rompu avec ANTOINE, le gars le plus beau de la Finlande? Elle est plus capotée que *madame Elle*!

– Maman, j'ai l'impression que tu ne sais pas tout de ma vie. (Ma mère SURSAUTE. À quoi est-ce qu'elle s'attend?) Je pratique le ballet, je te rappelle. (Elle a l'air rassurée.) C'est pas mal artistique, ça.

Presque sublime! Je réponds au courrier du cœur de ta chèèère GaZzzette. (Elle sourit. Je **SOUPIRE**.) C'est peut-être pas aussi sublime que des chansons qui parlent de rupture et qui font brailler, mais j'écris, ce qui m'a l'air d'être ton but. C'est pas tout. T'es peut-être pas au courant, mais, pour le cours d'art dram, on rédige une pièce de théâtre, Lily, Philippe et moi (effet **CALMANT** recherché et obtenu). Ça fait que..., ai-je conclu en lui faisant de l'attitude.

– Si je te comprends bien, Léa, tu crois que les activités que tu pratiques déjà vont t'aider à surmonter cette épreuve, résume ma mère.

Ouate de phoque! Pourquoi elle insiste? J'ai pas été assez **CLAIRE**?

– J'ai dit ça, moi? NON! J'ai dit que je participe déjà à plein d'activités artistiques. Je vois pas en quoi le fait d'en ajouter une va me faire oublier ma rupture.

– Donc, tu te sens en contrôle de tes émotions, malgré l'épreuve? insiste mon **ANDROÏDE** de mère dont le cerveau est à moitié grignoté par un virus informatique destructeur.

Elle me regarde en **plissant** les yeux et en pinçant les lèvres, comme une intervieweuse de la télé **COMMUNAUTAIRE**. Je veux simplement qu'elle me laisse tranquille!!

– Maman, avec tes questions pas rapport, tu m'as fait manquer le bus!

– ...

– Ouaip! Tu vas devoir me conduire à l'école en au-to-mo-bi-le, l'ai-je imitée en **hochant** la tête comme une *bobble head*.

– Hummm. Je suis un peu pressée, ce matin, Léa.

Disons que ça ne paraissait pas **TROP** il y a deux minutes!

– Si je résume, tu veux dire que ton horaire est chargé?

– Va te préparer, Léa, ordonne-t-elle enfin. On part dans cinq minutes.

VIRUS informatique en quarantaine! Objectif atteint. Je suis épuisée et la journée n'est pas encore commencée. **Ouate de phoque!** Les adultes sont insupportables en ce moment. Il va **NEIGER** ?

Arrivée en retard au cours d'éthique. Tout le monde m'a dévisagée. J'ai rougi et je me suis assise. Lancelot m'a refilé l'**AGENDA** de Lily.

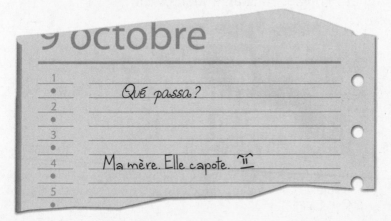

9 octobre

1
*
Qué passa?
2
*
3
*
4
Ma mère. Elle capote. ⁀ᵢ⁀
*
5
*

6	????
7	Selon elle : écriture = Band-Aid
8	pour peine d'amour ☻☻
9	
10	Mouahaha!

– Ça va bien, Lily? nous **INTERROMPT** la prof. Tu veux partager ton vécu avec nous?

– J'ai rien de méga pertinent à raconter, madame.

Oups. On va revenir aux ⧽**SIGNES**⧼ secrets pour un petit bout...

11 OCTOBRE

Dans le bus, Lily a ressorti son **COIN-COIN**. J'ai choisi l'onglet « anglais ». Mon oracle?

All you have to do is call my name / And I'll be there on the next train[23].

---

23. Tiré de la chanson *Where You Lead*, de Carole King. Chanson thème de *Gilmore Girls*, notre série-culte de tous les temps, à Lily et à moi.

Mes yeux se sont mouillés. Les siens **AUSSI**. Le concours de Coccinelles nous a sauvées d'une inondation.

Ce soir, nous avons fait le compte : **Lily : 5, Léa : 4.** Lily ne mènerait pas si j'avais réussi à la toucher en premier en criant : « **COCCINELLE** jaune ! » Elle m'a touchée avant et m'a volé mes deux points. On a tellement ri ! Ça fait du bien.

Dimanche, Lily ira au **CHALET** de son oncle. Tradition familiale que Ginette tient à perpétuer à tout prix parce que c'est comme ça, point final. Guillaume n'est pas invité (quoi?). Mais **Moucheronne** y sera avec un de ses mousti-ques. (Quel est le féminin de **MOUSTIQUE** ? Moustiquette ? J'hésite…) Notion de ce qu'est vraiment la famille à redéfinir ! Moi ? Mon père souhaite qu'on lave les fenêtres en prévision de l'hiver. Il veut que je range ma chambre et que je l'aide à ramasser les **FEUILLES.** C'est ça, mes traditions familiales : faire du ménage. **Su-per palpitant.** Moi ? Je veux seulement dormir.

En attendant le début des travaux forcés, je suis chez Lulu. Elle a rencontré une voisine au marché en plein air. Cette dame cherchait une gardienne pour Florence, une petite fille de deux ans et demi. **LULU** lui a parlé de moi. La dame aimerait que je garde Florence samedi, de seize heures à **MINUIT**. Je peux lui texter ma réponse, en plus ! Pas de problème, je fais ça tout de suite. Lulu *chantonne* en préparant le souper, mais je sens qu'elle aimerait que je lui parle d'**ANTOINE**. Parler de ma vie sentimentale ou faire du ménage... un choix **DÉCHIRANT**.

– Lulu, as-tu eu beaucoup d'amoureux quand t'étais jeune ?

Coché ! Lulu a rougi. D'après moi, ça veut dire

– Un ou deux, répond-elle vaguement.

Si je me fie à la rougeur de ses joues, c'est plus près du chiffre dix !

– Est-ce qu'ils étaient beaux ?

– Pourquoi tu veux savoir ça, ma Lélé ?

– Parce que je le sais pas et que ça m'intéresse !

Je suis **TROP FORTE**, avouez !

– Oui, ils étaient beaux.

– Aussi beaux que moi ? intervient monsieur H en riant.

Il **SORT** d'où, lui ?

– Bien sûr que non, Herménégilde..., glousse Lulu en lui faisant un bec sur la joue.

Bon, je veux pas déranger. À+ !

Zut de zut! Sara a aussi besoin d'une gardienne pour MIA, ce samedi. J'ai déjà dit oui à la maman de Florence. Est-ce que je peux annuler? Je pense pas. La maman de Florence croira que je suis une GIROUETTE. Qui peut garder Mia à ma place? Lily? Lily!

Lily a accepté. Son *budget* «leçons de conduite» frôle le zéro absolu. Je lui sauve la vie!

12 OCTOBRE

– Pourquoi???

Je suis avec FLORENCE. Elle demande tout le temps «pourquoi». Là, elle veut savoir pourquoi il pleut.

– Parce que les nuages sont fâchés, Florence.

– Pourquoi?

– Parce que le ciel n'a pas fait le ménage.

Essayez de répondre à cette QUESTION-là intelligemment. C'est impossible.

– Pourquoi?

– Parce que l'aspirateur est brisé.

– Pourquoi?

Je dis des stupidités et je dois les **EXPLIQUER** en plus?

– Qu'est-ce que t'en penses, toi, Florence?

(Petit *rire* intérieur.) J'ai hâte d'entendre sa réponse.

– Je sais pas. Pourquoi?

– Veux-tu un dessert? ai-je lancé en espérant qu'elle change de CD.

– Oh, ouiii!

Hé! Hé! *Bravo, Léa!*

Après le repas, Florence m'a **FORCÉE** à écouter le DVD de *Dora l'exploratrice*. Je lui ai proposé une émission de Ouimzie, mon idole quand j'avais cinq ans. Elle a dit non, et non et re-re-non. J'ai supporté Dora en répondant à tous les pourquoi qu'elle m'a lancés au sujet du **COMPORTEMENT** étrange de Babouche. Piiiiiitié! J'ai feint une urgence pipi pour avoir la paix deux minutes.

Florence m'a rejointe. **Arrrrrrgh!** Avec un marqueur vert dans sa main droite. **Arrrrrrgh X 1000!!!!** Je me suis éclipsée pendant trois minutes douze secondes!!!! Pendant ce très court laps de temps, Florence a réussi à:

1. Se lever.

2. Se rendre à l'étagère où est rangée sa boîte de *crayons* à colorier.

3. Choisir un marqueur **indélébile**-jusqu'à-la-fin-du-monde-et-certainement-après.

4. En retirer le capuchon.

5. Peut-être même l'avaler, mais j'en doute, car elle rit trop fort en ce moment.

6. Se **barbouiller** la moitié du visage.

7. Me rejoindre dans la salle de bains.

8. Éclater de rire en voyant mon air découragé.

Conclusion : Babouche a une très **mauvaise** influence sur les enfants.

Florence dort avec Philibert, son **OURSON** trop **MIGNON**. Ses joues sont redevenues roses. Ce n'était pas un marqueur indélébile. Je me suis imaginé des choses, mais bon. Il faut considérer toutes les possibilités, dans la vie ! On a lu l'histoire de *Boucles d'or et les trois ours*. Trois fois. (Il y a peut-être un lien ?) Puis, elle m'a dit « bye » et s'est tournée vers le mur de sa chambre en frottant son nez sur Philibert.

De retour dans le , j'ouvre la télé et tombe sur *Le journal de Bridget Jones* à ARTV. **OhMonDieu!** Mark Darcy est tellement beau, il me fait penser à **ANTOINE**. Bridget ? Elle le traite comme s'il était une crotte de nez, ce que je n'ai jamais fait avec mon Antoine. Pourquoi elle CAPOTE sur Daniel Cleaver? Parce qu'il a le visage de Hugh Grant (qui a l'air aussi vieux que dans le film *Notting Hill*, d'ailleurs...). Pfff!

Ding! Énième texto de Lily, qui est chez Mia.

Résumé de nos textos les plus pertinents de la soirée :

Lily

Où sont les couches ?

Léa

Sous la table à langer. Table à langer ?
Dans la chambre de Mia. :-)

Lily

:P Le zinc ?

Léa

À côté des couches. ;-)

Lily

Pourquoi Mia veut pas dormir ?

Léa

Chante *Il était un petit navire* !

Lily

Pourquoi ça marche pas ?

Léa

Tu chantes trop mal ! *LOL !* C'était n'importe quoi,
ma suggestion, je voulais juste rire de toi.

Lily

Où Sara cache ses bonbons ?

Léa

LOL !!!!!!!!!!!!!

Dans l'armoire au-dessus du frigo. Dis-moi pas merci !

13 OCTOBRE

Je pense à **ANTOINE**. Prescription : ne pas regarder l'ordinateur. Pour ne pas ouvrir **Facebook.** Afin de ne pas voir **HEÏDY** et Antoine et tous leurs amis tellement cool. Je me distrais en lavant les **VITRES** intérieures de la maison. Et en vérifiant les courriels de *madame Elle*. Nombre de vérifications : soixante-six. Nombre de courriels : **UN**. C'est suffisant pour échapper à la corvée des fenêtres. Merci, madame Elle !

Allô, madame Elle,

Je suis en secondaire un. (Félicitations !) L'Halloween approche et je sais pas quoi faire. (Une idée comme ça : fais la tournée de ton quartier pour ramasser des bonbons !) J'ai un costume de princesse. (**OUCH !** L'heure est grave.) Ma mère insiste pour que je le porte encore parce qu'il n'est pas usé. (Qui use son **COSTUME** d'Halloween ?) Comme nous étions huit princesses dans ma classe en sixième année – c'était trop humiliant –, je veux éviter ça, cette fois-ci. Madame Elle, j'ai besoin d'une idée, cool si possible.

Une ex-princesse qui veut se démarquer

Quoi? L'approche? Hum... Je verrai ça plus tard. J'ai des conseils à donner, moi!

♥ ♥ ♥

Chère Ex-princesse qui veut se démarquer,

Je te comprends tellement... Ma mère a toujours refusé que je porte un costume de princesse (elle est trop féministe!), mais quand j'étais en première année, nous étions sept Harry Potter dans ma classe. Je suis arrivée en retard parce que j'ai tout fait pour ne pas me déguiser en garçon. Quand elle m'a vue, la prof s'est écrié : « Oh! un septième Harry Potter! »

Quand je suis humiliée, je rougis, je bafouille et je m'enfarge dans mes grands pieds. Tout le monde a ri de moi quand je me suis relevée en redressant mes (fausses) lunettes sans verres. J'ai eu l'air tellement fou (ou folle? Je sais jamais) que j'aurais voulu me cacher dans le fond de mon sous-sol (je n'avais pas de placard sous l'escalier à ma disposition) pendant une semaine. Mais tu ne m'as pas écrit pour que je te raconte mes gaffes...

Si je lis entre les lignes — faculté super utile développée à force de côtoyer des adultes depuis ma naissance —, ta mère ne t'accordera pas un budget illimité pour ton nouveau costume. Même qu'elle doit te répéter que ta robe de princesse est ma-gni-fi-que, qu'elle ne comprend pas ton attitude et toutes sortes d'arguments dans ce style-là. Tu vas devoir prendre les choses en main.

Mon conseil ? Inspire-toi de Bob l'éponge. Rassure-toi, je ne te suggère pas de te transformer en une grosse éponge jaune et naïve. Mais d'utiliser ton i-ma-gi-na-tion. C'est la seule façon d'être unique.

Ta mère a certainement une vieille robe noire démodée dans sa penderie. (Elles en ont toutes une !) Enfile un chemisier blanc en dessous. Fais-toi deux tresses. Te voilà déguisée en Mercredi Addams, de la famille-culte de l'Halloween !

Une autre idée ? Fouille encore une fois dans la penderie de ta mère. Je suis certaine qu'elle y cache des vêtements aux couleurs pas rapport qu'elle n'a pas portés depuis au moins un siècle. Tu les as toujours trouvés super laids ? Parfait ! C'est tout ce qu'il te faut pour créer un look disco !

Dernière suggestion si les deux précédentes ne t'allument pas : ne te déguise pas du tout. Je sais, tu vas attirer l'attention. On va te demander pourquoi tu portes pas de costume et patati et patata. Réponds : « Erreur ! Je suis déguisée en nudiste en congé » en faisant beaucoup d'attitude.

(J'ai les **LARMES** aux yeux parce que c'est **ANTOINE** qui m'avait répondu ça, en secondaire deux. Il me manque tellement. Excusez-moi.)

Tu as certainement compris le principe, Ex-princesse qui veut se démarquer.

Halloweenement vôtre,

Madame Elle,

qui ne sait toujours pas comment elle se déguisera.

P.-S. : Tu me prêtes ton costume de princesse ? J'en ai jamais eu !

Courriel envoyé au rédacteur en chef. Il ne me harcèlera plus avec sa date de tombée qui approche à grands pas (depuis quand les dates **MARCHENT**-elles, PVP ? **KC!**).

Trahison, bonbons
et One Direction

15 OCTOBRE

– Mesdemoiselles, le code vestimentaire est clair comme de l'eau de roche. (**Ouate de phoque!**) Le polo se porte à l'intérieur de la jupe, récite Brisebois, convaincue d'être LA référence en matière de **mode** dans notre belle école internationale.

– Mais, madame, plus personne ne rentre son polo dans sa jupe depuis... le 31 décembre 1999! rétorque Sabine en battant des **faux cils**.

Si Sabine le dit...

– Ma pauvre enfant (**!!o!**), ce n'est pas moi qui l'ai écrit, le code, déclare cette femme qui n'a jamais sorti sa blouse de sa (trop longue) **JUPE**. Je veille à ce qu'on applique les règles, c'est tout.

– Vous voulez qu'on s'habille comme notre grand-mère? insiste Sabine dont les faux cils battent telle-ment vite qu'ils risquent de **décoller** à tout moment.

– Dans la jupe, j'ai dit! conclut Brisebois avant d'aller taper sur les nerfs d'autres «dangereux criminels».

Franchement, je sais qu'il faut porter notre uniforme correctement. Mais je ne vois pas en quoi sortir le polo de notre jupe **ENTACHE** la dignité de notre école. Rapide vox pop effectué dans les toilettes : Émilie, Sabine, Karo, Lily et **Océane** ne comprennent pas plus que moi. Pas très SCIENTIFIQUE mais tout de même clair !

Premier cours de la journée. Dictée de français. La prof ar-ti-cu-le par-fai-te-ment même si elle parle vite. Il y a un hic ! Elle a décidé que, parce qu'on est en secondaire quatre, elle n'indiquera plus l'endroit où il faut placer les virgules, les deux-**POINTS** et les point finaux. C'est à nous de juger selon ce qu'on a compris. Quand elle prend une pause, il faut deviner son intention. Un **VENT** de panique souffle dans la classe pendant qu'elle récite, parce qu'on constate que nous sommes nuls en devinettes.

Retour en arrière. Lorsque la prof a changé les règles du **JEU** sans nous consulter, on a essayé de se défendre. Tous ensemble, on a bien tenté d'inventer des signes secrets. Mais on a vite mis ça de côté car personne ne les faisait de la même manière. À la pause qui avait suivi ce délire, on s'était retrouvés devant les cases à s'obstiner à propos d'une virgule. Pas fort !

Lancelot et moi, on a donc établi un **CODE** simple et efficace. Un coup de pied sur la patte droite de ma chaise = une virgule. Je gratte ma tête à droite avec mon crayon pour signifier que je suis de son avis. Sur la patte gauche = deux-points. Grattage du côté gauche pour corroborer. Une chance qu'on n'a pas une dictée chaque jour. La prof aurait des doutes et m'enverrait consulter l'infirmière par crainte que j'aie des **POUX** !

Le signe du point final? On s'arrange tout seuls. Pourquoi?

1. Il y a beaucoup de phrases, donc beaucoup de **POINTS** et la prof aurait des soupçons.

2. C'est quand même *faf* de savoir si une phrase est finie ou pas!

Résultat: on s'en sort pas si mal. C'est du plagiat? Non! **TECHNIQUE DE SURVIE!**

Quand le cours est fini, la prof demande à nous voir, **Phil** et moi. Elle a lu ma réponse à Ex-princesse. Ça l'a fait rire. Il y a un petit problème, d'après elle.

– *La Gazette* paraîtra bien la dernière semaine d'octobre…?

On fait signe que oui.

– Je pense que ce sera un peu tard pour notre Ex-princesse!

– Vous avez raison, madame! Je peux lui courrieller ma réponse. Comme ça, elle saura quoi faire avec son costume, dis-je, le SOURIRE aux lèvres. Je devrais toujours faire ça. Autrement, le courrier du cœur ne sert pas à grand-chose.

– … (Silence **pesant**, gracieuseté de PVP.)

– Tu es d'accord, Philippe? j'insiste.

– …

– J'ai une seule condition, déclare la prof, qui est plus cool (et moins *silencieuse*!) que le rédacteur en chef. Je révise toutes tes réponses avant.

– Ça me va!! je JUBILE.

Devant mon CASIER, je discute avec Phil. Il n'est pas d'accord avec la prof, mais il est tellement respectueux de l'autorité qu'il accepte sa décision sans rechigner. Moi? J'ai faim! Au menu : boulettes de steak haché et pommes de terre MOUSSE-LINE (traduction : patates pilées). Pendant la dictée, Lily a répondu à un texto. J'ai trouvé ça hyper *louche*!

Elle nous a rejoints aux cases. Quand je lui ai demandé qui c'était, elle m'a lancé un défi : «la dernière à la café est un troll» et elle a détalé. Pof! Ça devait être Ginette. La course? Je l'ai perdue. Ça augure mal pour le test de GYM.

– On organise un marathon de films d'horreur pour l'Halloween, suggère Guillaume à notre table.

– Pas chez nous! indique Sabine. Ma mère a trop peur des fantômes...

– Elle a peur qu'ils sortent de la télé pour hanter sa maison comme dans *Poltergeist*[24]? s'esclaffe Lancelot.

– Le sous-sol de Léa conviendrait *foule* bien, hein, Léa? propose Lily en **frappant** ma jambe.

– Pourquoi tu dis ça? demande Émilie, soudainement très intéressée.

Je tiens pas à lui raconter ce qui est arrivé à notre **VIEUX** lecteur de cassettes VHS, un soir d'Halloween, devant des gars qui riront encore de moi. Ils ont oublié ce que Lily leur avait rapporté car elle est incapable de garder un secret aussi **INTENSE**? C'est la meilleure nouvelle au monde. Je fais signe à Émilie, qui comprend et n'insiste pas. Je lui ferai un compte rendu en privé.

– Peut-être…, je réponds distraitement parce que je **PENSE** à Antoine même si on ne parle pas de lui.

– Gang! On va jouer au mississipi? s'écrie Guillaume.

On se lève tous en même temps. On est trop forts!

Je suis dans le vestiaire du studio de ballet. Toutes les filles, sauf moi, miss **Capezio** et une autre fille que je ne connais pas parce qu'elle ne parle à personne,

---

24. Film d'horreur produit par Steven Spielberg en 1982. Jugé le plus épeurant de tous les temps… jusqu'à ce que *Le Cercle* sorte au cinéma. Brrrr!!

CHAUSSENT leurs pointes. Pas facile d'être une minorité trop visible. Surtout pour miss Capezio qui a l'air catastrophée. Elle ne pourra pas exhiber ses pointes «venues directement de **NEW YORK**, ma chèèère».

Je sors mes chaussons usés. Je me sens tellement pas à ma place. J'ai envie de simuler un MAL de ventre fulgurant pour quitter cet endroit. Je lève les yeux. Mathilde arrive et elle me fait un petit signe de la main. J'ai pas le choix. Je reste.

Une fois à la BARRE, je constate que les pointes, ce n'est pas une si mauvaise nouvelle que ça pour moi, au contraire! C'est *foule* difficile, les pointes, alors les filles exécutent tous leurs EXERCICES plus lentement. Moi, j'ai tout mon temps pour m'améliorer. Je suis presque à leur niveau. J'aime ça, les pointes, quand tout le monde en met sauf moi.

Mathilde est EXCELLENTE, même avec des pointes. Tellement qu'elle peut jaser avec moi pendant qu'elle exécute la chorégraphie. Un jour, je ne sais pas exactement lequel, je serai comme elle. Déjà que mes MOUVEMENTS de bras sont pas mal... C'est notre Abby Lee qui me l'a dit en souriant. Je n'invente rien. Je suis la nouvelle Maddie[25]? J'aimerais bien raconter ça à **ANTOINE**, même s'il ne la connaît pas.

---

25. Danseuse étoile de la Abby Lee Dance Company.

Dans ma chambre. J'ai écrit à Antoine. D'après Facebook, c'est toujours mon ami, alors c'est normal que je lui donne de mes nouvelles. Puis, j'ai sorti ma lampe de poche. Aucun signe? Lily, t'es où? Un mardi soir? Il fait encore jour, les signes **lumineux** sont plus difficiles à détecter. Bon, je vais au parc. Je verrai bien si elle est là! J'ai la permission, pour faire la soirée d'**Halloween** chez moi. Faut que je lui annonce la bonne nouvelle!

16 OCTOBRE

– Ma chou, tu t'es couchée à quelle heure, hier? ai-je demandé à Lily en riant de sa face de **COUVERTE**.

– Une heure du mat'... Grmblgl!

– Faut pas trop étudier, ma chou!

– C'est pas ça! J'ai gardé chez Sara et elle est revenue tard.

Quoi? Elle a gardé MA **MIA** à moi? À MA place? Pourquoi? *Why?* ¿*Por qué*[26]?

– Sara a probablement téléphoné chez moi pendant que j'étais à la danse...

---

26. Ça signifie pourquoi en espagnol. Ça ressemble beaucoup au français, vous trouvez pas?

ÇA SE COMPREND : j'étais pas là, alors elle a demandé à Lily.

– Ben non ! Le texto pendant la dictée, c'était elle !

Sara a demandé à Lily par texto sans me l'offrir à MOI avant !?! **Ouate de phoque !** C'est honteux ! Elle ne m'aime plus ? Elle a installé un 🧸🧸🧸🧸🧸 espion dans la chambre de Mia ? Je ne capote pas pour rien. Je sais que ça se fait. J'ai regardé le film *Le journal d'une Nanny* ! **Résultat :** Sara n'aime peut-être pas comment je chante les berceuses. Je sais. Je chante mal. C'est pas une raison pour me remplacer par Lily !

Et Lily qui a accepté. **Dans mon dos !**

– Je pouvais pas refuser, Léa. Elle me paye huit dollars de l'heure ! Mes leçons de conduite... (Tes bonbons, tu veux dire !!!) Ma mère m'aurait tuée...

QUOI ??!! Est-ce que j'ai bien compris ? Sara donne un dollar de plus à Lily qu'à moi !!!!!!! C'est un comble ! Je regarde Lily, abasourdie. Et c'est pas le moment d'être 🏃🏃🏃🏃🏃🏃, c'est la course navette, ce matin ! La pire épreuve au monde. La beauté du prof ne suffit pas à me faire tolérer cette **CRUELLE** évaluation. Pourquoi on ne fait pas de soccer, aujourd'hui ? C'est déjà *out* ? Tout se démode tellement vite, c'est fou...

– Léa, ça va ? me demande innocemment Lily, qui fait semblant de ne pas saisir la gravité de la situation.

– ...

Je suis sortie du bus en silence. Je me suis dirigée vers ma case en faisant de la marche **RAPIDE** pour éviter mon ex-*BFF*. Ce qu'elle a fait est inadmissible. Je me sens **trahie**. C'est une règle non écrite connue de toutes les gardiennes averties. Fin de l'histoire !

Lily a tenté à trois reprises de me parler avant le cours de gym. À trois reprises, j'ai fait semblant de ne pas l'entendre. Elle ne comprend **rien** à ma réaction. Moi ? Je me comprends. Ce qu'elle a fait est inqualifiable. Inimaginable. En dessous de tout !

J'enfile mes shorts. Mon t-shirt trop grand a l'air d'une poche de **patates**, sauf qu'il est blanc. Le truc ? Faire un nœud dans le dos pour qu'il ressemble moins à la taie d'oreiller d'un lit géant et plus au t-shirt d'une fille qui vit au vingt-et-unième siècle. Mes **CHEVEUX** vont dans tous les sens, j'ai utilisé mille épingles à cheveux pour les dompter. Succès modéré.

Je raconte l'épisode du magnétoscope à Émilie, qui **CAPOTE**. Elle nous invite chez elle pour l'Halloween. Son souhait ? Que le même phénomène se produise dans le sous-sol de son père. Selon elle, ça mettrait tellement (elle a pas idée à quel point !) d'ambiance. Pourquoi pas ? Mon sous-sol n'est ni trippant, ni un repère de revenants. Alors, aucune raison d'insister pour s'y réfugier le soir de l'Halloween. J'ai confirmé ma présence, mais je doute que le lecteur DVD du père d'Émilie ait des pouvoirs aussi **DÉMONIAQUES** que mon vieux magnétoscope. On s'est fait un *high five* pour sceller le pacte. Quand Lily a voulu participer, je lui ai tourné le dos. Émilie lui a fait un *high five* avant de ne plus savoir de quel côté se tourner. Les yeux **RONDS** de Lily ne m'ont pas émue. Elle fait semblant de pas comprendre? **HYPOCRITE!**

– Cinq paliers, Léa! a annoncé le beau prof de gym.

Mon **RECORD** de tous les temps. J'ai tenté d'en faire un dernier, mais j'ai manqué de souffle. Le rythme s'était encore accéléré et là, c'était trop pour moi dans les circonstances. Lily m'a félicitée, je l'ai remerciée du bout des lèvres. Lancelot a remarqué que quelque **chose** n'allait pas. Bon... Yoda va me poser des questions, je le sens.

– La Miss, depuis quand tu boudes ta sœur siamoise? Quelle maladie orpheline[27] t'a foudroyée cette nuit?

Je déteste quand Lancelot utilise des **EXPRES-SIONS** qui laissent croire que son Q.I. est au moins le double du mien.

– Je veux pas trop en parler...

– ...

---

27. Il m'a expliqué que c'est une maladie qui touche trop peu de personnes. Donc, les médecins ne savent pas comment la soigner, genre!

– Tu sais que j'ai beaucoup gardé chez Sara, cet été. Lily m'a remplacée, un samedi soir où j'avais déjà un contrat. Hier, Sara a demandé à Lily. Et Lily? Elle a accepté! En plus, Sara lui donne un dollar de l'heure de plus qu'à moi!

– Et???

Utilise ton **PÉTULANT** Q.I., s'il est si *hot* que ça! C'est pourtant simple à comprendre!

– Je saisis pas, Léa…, insiste Yoda.

(Soupir exaspéré.) C'est un GÉNIE. Et les génies sont souvent **bouchés** lorsqu'il est question des choses simples de la vie.

– C'est pourtant facile à comprendre, Lancelot. Lily m'a trahie. ÇA SE FAIT PAS!!!

Oups! J'ai hurlé ma réponse, moi? OUPS! Le corridor est vide.

– C'est ça, ta raison? Tu boudes ta meilleure amie parce que Sara l'a contactée et qu'elle a accepté de travailler? résume Lancelot qui ne saisit vraiment rien à rien.

– Tu me comprends tellement pas! je balbutie, découragée par son manque de SOLIDARITÉ.

– Non, la Miss, tu as raison, je te comprends pas… En attendant, bouge-toi! On va être en retard au cours d'anglais.

Ce qui vient de se produire, c'est un genre de dialogue de SOURDS? Pas vraiment. Le mot sourd ne devrait pas être au pluriel. Pourquoi? Il n'y avait qu'un  : Lancelot!

Dans le bus. Lily s'est ~~cachée~~ **assise** derrière monsieur Gilles, à la place de **PVP** qui a pris la sienne, en arrière, sans discuter. Il m'a demandé ce qui se passait.

Veux pas en parler.

Phil a sorti le roman qu'on doit lire pour le cours d'anglais et il n'a pas tenté de me tirer les **vers** du nez. (Je résisterais, c'est trop dégoûtant!)

Dans le but évident d'être élue mongole de l'année, **Moucheronne** a une nouvelle habitude. Lundi dernier, elle a invité son essaim à regarder le film *L'ère de glace* et, depuis, elles imitent un des **personnages** qui s'exclame: «Et même que des fois, moi, ze vomis!» Après avoir déclaré ça, elles éclatent d'un rire stupide.

Ça ne s'arrête pas là, pour mon plus grand malheur... Elles poursuivent avec un extrait du film *Dr Seuss: Horton entend un qui!* «Dans mon monde à moi, y a que des poneys. Ils mangent des arcs-en-ciel et font des cacas **PAPILLON**!» s'esclaffent-elles. Après une déclaration aussi bébé lala, elles ramènent le . Elles se croient tellement cool !

Même si je la **boude** pour des raisons éthiques, je compatis tout de même avec Lily, qui doit supporter sa sœur alors qu'elle n'a rien demandé.

♥ ♥ ♥

Ce soir, chez Lulu, je mange des croquettes de **SAUMON** trempées dans le **Ketchup**. Habituellement, ça me rend heureuse. Mais leur pouvoir magique est à *off*, ce soir. Je ne parle pas beaucoup. **LULU** et Herménégilde se font des airs entendus, convaincus que je ne remarque rien. Ils croient sans doute que c'est ma peine d'amour qui me donne une mine aussi triste.

Peine d'amour
+
peine d'amitié
=
PEINE IMMENSE

♥ ♥ ♥

Facebook. **HEIDY** a publié plein de photos d'**ANTOINE** pendant l'entraînement d'Ironman. Il a fait une chute en vélo. Il est couvert de boue, mais il est tout de même beau. **Déconnexion.** Je dois laver mes cheveux ! C'est important, la propreté... et l'eau cachera mes larmes.

J'oubliais le plus important.

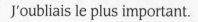

Liste des règles non écrites de la vie des ados

par Léa Beaugrand (secondaire quatre)

1. Les secondaire un ne s'assoient pas en arrière du bus avec les SECONDAIRE QUATRE et CINQ. Cette règle vise directement les membres d'un certain essaim de moustiques !

2. Les secondaire un ne se mêlent pas des conversations des vieux (ben, nous !). ➔

3. Afin de ne pas déclencher la Troisième Guerre mondiale, une ado ne sort pas avec le chum de sa sœur, de sa cousine ou de sa meilleure amie. Cette règle s'applique aux gars aussi.

4. Une ado ne vole pas le contrat de gardiennage de sa BFF.

Coché! Faudrait que je trouve LE cinquième point. Celui qui fera de cette liste un incontournable. Ça devrait être facile.

Je monte dans le bus. Lily est derrière monsieur Gilles, qui me salue en souriant. Je regarde mon ex-*BFF*. Elle détourne les yeux. Enfin, elle se sent coupable! Je rejoins **PVP**, qui ne me questionne plus. D'après moi, Lancelot lui a fait le **MESSAGE**. Super.

Je tente de terminer le devoir de math. Je demande l'aide de mon coprésident, qui est trop HEUREUX de faire la démonstration de son grand savoir en public. Il est certainement au courant, pour Lily et moi, parce qu'il ne me fait pas la  au sujet de mon devoir oublié.

🍓 ♥ 🍓

Ce matin, cours de sciences. Nouveau sujet palpitant : l'**électricité**. J'ai compris que je ne deviendrai jamais électricienne... c'est trop plate!

– Cette année, le test qui sera le plus manqué, c'est celui sur l'électricité, mentionne le prof, encourageant. Pourquoi croyez-vous que ce test est si raté?

On se regarde en haussant les épaules. Même PVP n'a aucune idée de la réponse, alors inutile d'espérer une réplique **BRILLANTE** de notre part.

– C'est parce que les gens ne sont pas au courant..., ajoute le prof. Au courant... Hi! hi!! La comprenez-vous?

Cinq. Ans. D'âge. Mental.

À NOTRE table, l'ambiance est **LUGUBRE**. Personne n'ose dire de niaiseries. On mange presque en silence. Y a que Lily qui continue de faire comme si de rien n'était. Elle se demande comment elle soulignera son seizième **ANNIVERSAIRE**. Elle me regarde en espérant que j'aie une suggestion. C'est en novembre, donc bientôt. Guillaume me fait des signes. J'avais des idées, mais je les ai mises sur la glace hier. Pas de panique, elles vont se conserver !

Je suis dans ma chambre et je révise les notions d'électricité. C'est tellement plate. D'après moi, la voisine d'en face révise la même chose que moi, parce que des signaux *lumineux* s'échappent de chez elle... Je ferme mes **RIDEAUX** !

18 OCTOBRE

À l'heure du dîner, Guillaume reparle de l'anniversaire de Lily en tentant de m'hypnotiser. Je mange ma crème d'asperges (parce qu'il faut bien se nourrir) pendant que Sabine s'excite et se **SECOUE** comme un saule pleureur pendant une **TEMPÊTE**.

– Oh! Mon! Dieu! Lily!!! Ta mère va certainement t'organiser un *Sweet Sixteen*! Chanceuse!

– C'est quoi, ça? demandent Lancelot, PVP et Guillaume en chœur.

Sabine hausse les épaules, découragée par leur manque de culture. Toujours en **transe**, elle explique à Lily:

– C'est une fête dé-bi-le! Tu porteras une longue robe de princesse. Tu vas te faire coiffer, maquiller, manucurer. Guillaume sera ton prince charmant. (Le principal intéressé dévisage Lily, **paniqué**!) Ta mère pourrait même lui trouver un bel habit. (Guillaume a les yeux aussi ronds que ceux de son **amoureuse**. Il a beau être le gars le plus gentil de l'école, il y a des limites!) Ça va être le jour le plus mémorable de ta vie!

– Moi, Sabine, je veux juste une chose. Non, deux! La plus grosse piñata au monde et la musique de 1D!

– Je m'occupe de la piñata, si ça peut aider..., ai-je promis sans réfléchir.

Coup de pied sur mon **TIBIA**. Guillaume m'a frappée!?! Ben là! C'est quoi, le problème? Quand j'ai l'air bête, il tente de m'hypnotiser, et quand je m'implique, il me frappe **sauvagement**? C'est que **1D** le fait *badtripper*, lui aussi.

– Sabine, explique-moi une chose, demande PVP. En quoi le seul fait d'avoir seize ans devient «l'événement de l'année» pour Lily?

– Euuuh...

– Réfléchis un peu. Lily n'aura pas le droit de vote. (C'est pas sa priorité.) Elle pourra pas boire d'alcool. (C'est PAS sa priorité, prise deux.) Et elle n'aura pas le droit de conduire une automobile toute seule, énumère PVP.

– Philippe a raison, rien va changer dans sa vie, renchérit Lancelot. Absolument rien.

– Vous êtes des gars, alors vous pouvez pas comprendre !! s'indigne Sabine.

– C'est ça ! ont conclu les trois MOUSQUE-TAIRES d'une seule voix.

Lily et moi, même si on se parle pas, on se comprend. Si le seul plaisir d'avoir seize ans, c'est de se déguiser en princesse, je rappelle qu'il y a l'HALLOWEEN pour ça. Et je connais une Ex-princesse qui a un costume à vendre pas cher !

Je n'ai plus d'AMOUREUX. Je n'ai plus de *BFF*. Est-ce que je vais m'ennuyer ce week-end ? Nooon. Même que j'ai un plan de survie très détaillé.

L'objectif de ce plan d'enfer ? Échapper au radar supersonique de mon père qui a certainement prévu me faire passer l'aspirateur. Ou encore mieux. Laver les plafonds. Et les rideaux. **Ouate de phoque !** Les poignées de porte, tant qu'à y être ! Si je ne suis pas vigilante, il me forcera à laver le CARRELAGE de la salle de bains avec une brosse à dents.

Plan de survie de Léa Beaugrand

☐ Histoire - étudier pour le test sur le peuplement du Québec

☐ Trouver des idées de manucure d'Halloween (prioritaire !)

☐ Éthique - étudier les entraves au dialogue (en dernier recours...)

☐ Français - étudier pour l'examen de grammaire (facultatif ? Je suis trop forte en grammaire...)

☐ Aller au petit café (pour boire un café, genre !) 😜

☐ Gym - apprendre par cœur les nombreux bienfaits de la course à pied pour le test

☐ Classer mes DVD en ordre alphabétique OU selon les acteurs en vedette OU par sujet OU par couleur de boîtier (mode de classement à préciser)

☐ Vérifier si mon ami Antoine
   m'a répondu

☐ Aller chez Marie-Maude (essentiel!
   S'asseoir dans un fauteuil qui sent le
      vieux et jaser manucure)

☐ Chercher une nouvelle façon de coiffer
   mes cheveux sur YouTube

Pendant que je **LISTE** les nombreuses activités qui occuperont les deux (trop longues) journées à venir, quelqu'un frappe à la porte de ma chambre. Je crie «ouaip!» Mon père ouvre et sa tête se **faufile** dans l'embrasure.

– Léa, je ne te répéterai jamais assez (qu'est-ce que j'ai fait **encore**?) à quel point je suis fier de toi...

– ???

– C'est tout ce que j'avais à te dire! conclut-il avant de refermer derrière lui.

Ouate de phoque! Qu'est-ce qui lui prend? Je dois ajouter une chose **prioritaire** sur ma liste.

☐ Décoder l'étrange comportement
   de mon père

20 OCTOBRE

Je n'ai pas tout étudié. J'ai fait mieux que ça : j'ai découvert le livre de psycho que mon père utilise pour mieux décoder mon COMPORTEMENT *foule* étrange d'ado compliquée. Il le lit quand il est aux toilettes. Subtil rare ! Un coup d'œil rapide à la table des matières me permet de déclarer qu'il suit à la LETTRE les recettes débiles de ce livre. Ce qui explique son attitude complètement tarée. Mais j'ai d'autres problèmes à régler pour l'instant. Je prépare ma riposte.

Plan de survie de Léa Beaugrand ☆☆

☐ Histoire - étudier pour le test sur le peuplement du Québec

☑ Trouver des idées de manucure d'Halloween (prioritaire !) → Des fantômes vraiment cool

☒ Éthique - étudier les entraves au dialogue (en dernier recours...) — Pas de commentaire ! Note prévue = 110 %

☐ Français - étudier pour l'examen de grammaire (facultatif ? Je suis trop forte en grammaire...)

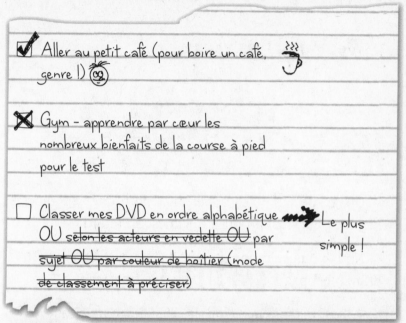

☑ Aller au petit café (pour boire un café, genre !)

☒ Gym - apprendre par cœur les nombreux bienfaits de la course à pied pour le test

☐ Classer mes DVD en ordre alphabétique ~~OU selon les acteurs en vedette OU par sujet OU par couleur de boîtier (mode de classement à préciser)~~ Le plus simple !

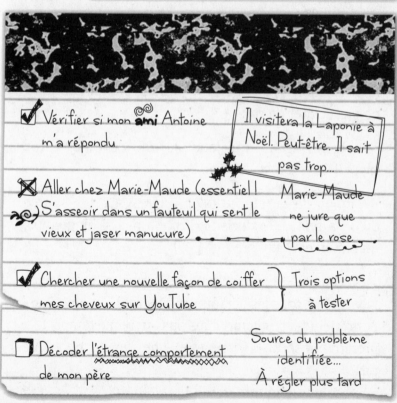

☑ Vérifier si mon ~~ami~~ Antoine m'a répondu | Il visitera la Laponie à Noël. Peut-être. Il sait pas trop...

☒ Aller chez Marie-Maude (essentiel ! S'asseoir dans un fauteuil qui sent le vieux et jaser manucure) | Marie-Maude ne jure que par le rose

☑ Chercher une nouvelle façon de coiffer mes cheveux sur YouTube | Trois options à tester

☐ Décoder l'étrange comportement de mon père | Source du problème identifiée... À régler plus tard

Week-end très réussi !

– Un peu de sérieux, groupe, lance notre chef d'équipe (devinez qui s'est proposé ?). On est en retard.

Nous nous calmons un peu. Même si le cours d'art dram n'est pas **ESSENTIEL** à notre vie.

– Les personnages de la pièce, il va falloir les définir mieux que ça. Lily, c'est TA famille, c'est toi qui commences, ordonne PVP.

Lily mange des framboises en SIMULANT une réflexion INTENSE. Effort surhumain pour ne pas éclater de rire.

– Léa, c'est toi qui joues le rôle de Ginette, me rappelle-t-elle avec malice.

J'opine de la tête. Je m'en SOUVIENS parce qu'on a pris cette décision il n'y a pas si longtemps, quand on était encore AMIES.

– Ginette est contrôlante et gossante, commence Lily. En fait, tous les défauts qui se terminent en « ante » pourraient lui convenir, mais pas en même temps. Elle préfère ma sœur Mégane et elle ne s'en cache même pas.

– Est-ce qu'elle te force à manger des légumes verts? demande PVP le plus sérieusement du monde. À faire le ménage de ta chambre? À avoir plus que 95 % dans toutes les matières?

Je ne sais pas pourquoi, mais j'ai comme le PRESSENTIMENT qu'il ne parle pas vraiment de Ginette, là, mais de son père!

– Non, mais elle suit toutes les modes pas rapport, précise Lily en riant. Un exemple? En vedette ce mois-ci: la nourriture crue!

– Le père, maintenant, poursuit PVP. Puisque ce sera mon rôle, je veux en savoir plus.

Le père de Lily? Il a disparu depuis longtemps. Lily n'en parle jamais. Je me souviens pas de quoi il a l'air. Je crois qu'il habite dans le Nevada. En tout cas, trop LOIN pour que Lily vive la garde partagée, comme Émilie. Mon ex-*BFF* va devoir s'inventer un père pour la pièce, parce qu'il faut penser aux GARS dans l'équipe! Lily énumère:

– Il est beau (**PVP** rougit!), il est grand et fort aussi. C'est un ingénieur. Il est drôle. Cool même. On va dire qu'il aime le football et que son passe-temps favori, ce sont les échecs. (PVP est rassuré, ça lui ressemble **PLUS**.) Il obstine Ginette quand elle déraille, ce qui arrive tout le temps, et ça la fait capoter. Il rêve que je devienne ingénieure. Moi, je rêve juste de faire un saut en parachute avec lui! Ginette refuse... parce que... parce qu'elle comprend jamais rien, bon!

En disant tout ça, elle me **regarde**. Je ne dis rien.

– Au tour de Mégane, maintenant! rappelle PVP, qui serait parfait dans le rôle de l'Homme de 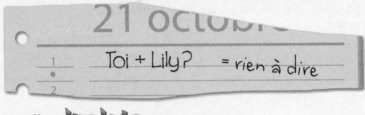[28] dans *Le Magicien d'Oz*.

Émilie me tend son agenda. Je lis sa question et griffonne ma réponse.

21 OCTOBRE

Toi + Lily? = rien à dire

Elle n'**Insiste** pas.

22 OCTOBRE

Le cours d'éduc est terminé. Le test sur les bienfaits de la course était vraiment trop court! Alors, nous avons joué au soccer, parce qu'il ne faut jamais perdre une occasion de **bouger**. Je déteste toujours autant ce sport. Si l'objectif du cours est de nous inciter à faire de l'activité 🐝🐝🐝🐝🐝🐝 pour le plaisir, c'est totalement raté.

Je sors de la douche. Pas parce que j'ai joué trop intensément au soccer. Parce que ça fait du bien, une douche chaude. Lily m'a copiée, les **pointes** de ses cheveux sont mouillées.

---

28. Je rappelle que l'Homme de fer n'avait pas de cœur.

– Léa, est-ce que tu peux me dire ce qui se passe ? demande-t-elle pendant que je me *peigne* devant le miroir. Qu'est-ce que j'ai fait ?

– Tu m'as volé ma place chez Sara, c'est ça que t'as fait !

– Je t'ai rien volé ! C'est elle qui m'a appelée, je te signale.

– Peut-être, mais tu as dit oui ! T'aurais pu refuser, aussi. T'as pensé à ça ?

– Ben non !

– En plus, **JE VIENS DE CASSER AVEC ANTOINE**...

– Léa, pourquoi tes problèmes sont toujours plus importants que ceux des autres ?

– Parce que c'est les miens !!!

– C'est ça que je disais. C'est pareil dans tout, y a juste ce que TOI, tu aimes qui est bon !

– Comme ?

– Tes chanteurs québécois plates.

– C'est ton chum qui me les a fait connaître, je te signale ! je réponds en faisant de l'**ATTITUDE**.

– 1D, c'est de la crotte pour toi ! réplique-t-elle sans **AUCUN RAPPORT**.

– Ton chum les aime, je suppose ?

– Ben, moi oui, tu sauras !

– TANT MIEUX POUR TOI !!!

La PORTE s'ouvre, la tête de Guillaume apparaît.

– Léa, c'est pas vraiment de mes affaires, mais tout le monde t'a entendue crier…, mentionne-t-il.

– Guillaume, mêle-toi pas de ça! avons-nous riposté en même temps.

Ça aurait été un beau moment **Pinkie** si on n'était pas aussi en **COLÈRE**…

Pour le lunch, j'ai décidé d'aller prendre l'air avec Émilie. Il fait froid et mes joues sont rouge *COQUE-LICOT*. J'économiserai sur le *blush* d'ici la fin de la décennie. Émilie est cool, elle ne me pose pas de questions indiscrètes même si elle a certainement entendu mon cri de mort dans le vestiaire.

Elle sait maintenant **pourquoi** je suis en chicane avec Lily. Elle n'a pas d'opinion. Elle m'a plutôt raconté sa vie chez son père, avec sa belle-mère et Garance, sa moitié-de-sœur. Résumé : Garance est parfaite. Émilie? Une **erreur** de la nature, selon sa belle-mère. Notre pièce de théâtre s'écrira toute seule, je le sens.

Dans le studio de *danse*, je suis une autre personne. J'oublie tout le reste. Parce que je dois me concentrer sur mes mouvements. Ce soir, Abby Lee nous fait réviser les pirouettes. Quand il est question de révision, elle est très **INTENSE**, Abby Lee! On a fait des centaines de pirouettes. À droite! À gauche! Et encore à droite! Trop contente de nous obliger à tourner, elle surveille tout. Le port de nos bras, de notre tête. Nos épaules. Notre dos. « À droite, Léa ! L'autre droite ! Lève le menton. Imagine qu'une corde traverse ton corps. Qu'elle te tire vers le haut. Plus haut ! » Heureusement que la musique est bonne ! Mathilde est comme Maddie : parfaite. Abby Lee ne trouve rien à corriger dans son port. Moi ? Je suis comme Paige[29], ce soir. Tout est un peu croche. Abby Lee me ramènerait au bas de sa chère pyramide[30] en m'humiliant publiquement au passage. Mais je m'en fiche, je veux simplement me changer les idées.

Sur Facebook. Je n'y crois pas.

Antoine
Ton cours de ballet, ça roule ?
HAGN

Il demande de mes nouvelles ? Qui a **PIRATÉ** son compte ?

Léa
C'est trop dur ! Mais j'♥ trop ça !
What about you, Chuck ?

---

29. Paige étudie la danse à l'école d'Abby Lee Miller. Cette dernière, prof douée mais intense, la trouve *poche* et ne se gêne pas pour lui crier dessus.

30. Dans la téléréalité *Mamans, gérantes d'estrade*, Abby Lee Miller « motive » ses victimes en affichant leur photo sur un tableau. Celle qui a bien dansé, sa chouchou du jour, est au sommet de cette pyramide. Celles que cette cruelle professeure de danse trouve *poches* se retrouvent au bas de la pyramide de la honte. La prof ne se gêne pas pour énumérer tous leurs défauts publiquement. Elle est intense, Abby Lee.

Dans mon lit. Je peux pas dormir. Je suis bien. **Antoine** m'a écrit. Il écrit bien. C'est plus difficile qu'il croyait, des études en anglais.

Je songe aussi à ce que Lily m'a dit. C'est **vrai** que je pense juste à moi?

J'ai enfin le temps de lire la **LETTRE** qui m'attendait dans la boîte de madame Carouby. Ce message me fait **réfléchir**. Un peu trop à mon goût…

Allô, madame Elle,

Depuis le début du secondaire un, je me suis fait plein d'ami(e)s. (**Bravo!**) Même un gars qui est *foule* beau. J'aime ça niaiser avec lui, même que je pense que je l'aime. Il y a juste une chose qui me dérange. Il déteste One Direction. (**OhMonDieu!** Il a du goût, c'est quoi le problème?!) Moi, c'est mon groupe préféré. (T'es pas la seule, remarque…) Il rit de moi quand j'en parle. Si on n'aime pas les mêmes affaires, est-ce qu'on peut sortir ensemble quand même? Est-ce que je devrais faire comme si ça ne me dérangeait pas ou changer de groupe préféré? J'hésite… Je les aime tellement, surtout Zayn!

Une *1Directioner* désorientée

Qu'est-ce qu'ils ont tous avec **1D**? Faut que je réfléchisse **intensément** à ma réponse! Plusieurs personnes la liront dans *La GaZzzette*, je le sens...

24 OCTOBRE

Émoi dans le bus, ce soir. **Moucheronne** a eu un billet blanc. Pourquoi? Pendant les oraux d'anglais, on doit écouter les présentations des autres. Tout le monde déteste ça. Mais on le fait parce que c'est comme ça et pas autrement. Qu'est-ce que cette écervelée faisait? Elle **RECOPIAIT** les paroles de *Story of My Life*, le nouveau *hit* de **1D**.

Mrs Austen, la merveilleuse prof d'anglais des secondaire un, l'a prise la main dans le **SAC**. Expression inexacte. La main de Moucheronne tenait un stylo. Cette extraordinaire prof lui a rappelé les consignes. Moucheronne l'a obstinée, puis a soutenu que ce n'était pas sa faute si écouter les oraux des autres, c'était *foule* plate. C'est comme ça qu'elle a récolté son premier **BILLET** blanc.

– Maman va confisquer tes CD de One Direction, Meg, jubile Lily sur un ton assez **baveux**.

– Tu penses ça? réplique Moucheronne en faisant de l'attitude. On verra...

Ginette ne **RIGOLE** pas avec les billets blancs. En secondaire deux, elle a privé Lily d'Internet pendant un siècle à cause d'une note un peu **pouiche** en éduc. Un **BILLET** blanc dans un cours d'anglais? J'aime mieux pas voir ça...

Et moi, je dois répondre à la *1Directioner* qui se pose des questions **EXISTENTIELLES**. J'ai confié au rédacteur en chef qu'à mon avis, je ne suis pas la meilleure personne pour répondre à cette lettre, parce que je **DÉTESTE** ce groupe.

– Léa, des goûts, ça ne se discute point!

– Phiiil!

– Léaaa!!

– Tu m'énerveees!!!

– Toi aussiii!!!

Chère Désorientée,

On a un méga point en commun. Ma meilleure amie capote sur One Direction. Moi? Bof! J'aime bien certaines de leurs chansons, mais les gars me tapent un peu sur les nerfs (sauf Zayn!).

Tu aimes One Direction? Tu as collé des posters d'eux dans ta chambre, peut-être même au-dessus de ton lit, et tu as une taie d'oreiller avec la face de Zayn dessus? (Je te comprends tellement. C'est le plus craquant!) Alors, ça fait partie de toi. Et sais-tu quoi? T'es pas obligée d'aimer les

182

mêmes affaires que tes amis. Et vice-versa. C'est plate de ne pas pouvoir tout partager, mais c'est comme ça.

Quand j'étais jeune, j'aimais *Cornemuse*. Ma meilleure amie capotait sur *Zoboomafoo*. On s'obstinait, mais j'écoutais quand même *Zoboomafoo* avec elle. Quand j'y repense, je ne me souviens même plus de nos chicanes au sujet de l'émission mais des sandwiches aux bananes écrasées qu'on mangeait, des miettes qu'on laissait sur le tapis du salon et des crises des adultes à propos des dangers qui guettent ceux qui laissent des miettes partout !

Voici mon conseil, chère Désorientée. As-tu pensé que ce gars *foule beau niaise* probablement One Direction parce qu'il te trouve de son goût ? Les gars sont étranges comme ça ! Il te reste une chose à vérifier : son degré d'« effortitude ». S'il ne peut pas écouter la musique de ce groupe sans que ses oreilles saignent, c'est vraiment pas le gars pour toi ! Imagine tout un samedi soir en compagnie d'un gars dont le sang gicle des oreilles... Le tapis du salon ne survivrait pas à ça !

One Way or Another[31],

Madame Elle

---

31. Titre d'une des meilleures chansons de ce groupe qui, faut leur accorder ça, est quand même britannique. J'ai parfois tendance à l'oublier.

– Ça fait longtemps que je n'ai pas vu Lily. Elle est malade? demande Lulu.

Soupir...

– On est en chicane...

– Ah!...

– Sara l'a textée pendant la dictée de français pour lui demander de **GARDER** Mia.

– Et Lily a dit oui...

– Ben oui! Ça se fait tellement pas... Sara, c'est ma cliente, pas la sienne. Qu'est-ce que t'en penses, Lulu? C'est pas correct, hein?

– Hmmm...

– On s'est disputées dans le vestiaire, après la gym. (**RECTIFICATION: ON S'EST ENGUEULÉES.**) Penses-tu que je devrais lui expliquer pourquoi je crois que ça se fait pas?

– Lily a le droit de **COMPRENDRE**, n'est-ce pas, ma Lélé?

– ...

26 OCTOBRE

L'**HALLOWEEN** approche. Si la tendance se maintient (expression teeeeeeellement paternelle!), ce sera la première Halloween que je passerai sans ma *BFF* depuis que j'ai quatre ans.

Bref, ce sera l'Halloween la plus **poche** de toute ma vie. Sans Lily. Sans Antoine pour se déguiser en  des Halloweens passées! Ce fantôme me manque trop…

Madame Elle a reçu un autre courriel. Elle a trop de vie, elle, c'est **FOU**. Hâte de voir c'est de qui!!

Chère madame Elle,

J'ai fait une méga gaffe. Ma *BFF* m'a demandé d'aller garder à sa place parce qu'elle avait déjà dit oui à une nouvelle cliente et que ça se fait pas, de revenir sur sa parole. Elle est comme ça, ma *BFF*. La semaine passée, la femme chez qui je suis allée garder m'a rappelée. En fait, elle m'a textée. Je le dis au cas où ce serait important. J'ai répondu oui sans me poser de questions. Pourquoi elle a pas texté ma *BFF* avant moi? Je sais pas. Mais là, ma *BFF* est très fâchée. Elle m'accuse de lui avoir volé sa place. Le pire: j'aime pas ça tant que ça, garder. Et SURTOUT, ma *BFF* me manque trop.

Je sais pas quoi lui dire pour qu'elle comprenne à quel point je m'ennuie d'elle. Parce que c'est ma presque sœur et qu'on se connaît depuis la garderie et que je n'ai même plus envie de manger des *Gummy Bears* (et ça, si vous me connaissiez, vous sauriez que c'est la catastrophe!!!).

Une fille qui veut manger des bonbons à l'Halloween

27 OCTOBRE

– Léa, écoute un peu celle-là, rigole Émilie en ouvrant une carte musicale qui se met à BEUGLER une chanson de One Direction.

Encore eux?!? Ils me SUIVENT partout, même à la pharmacie!

Émilie rit aux éclats. Mes neurones suggèrent que c'est peut-être l'idée que je cherchais depuis quelques jours. C'est une carte d'ANNIVERSAIRE. Et je connais quelqu'un qui aura seize ans bientôt. Cette carte lui plaira plus qu'un *Sweet Sixteen*!

Je l'ai achetée. Puis, on est allées manger de la crème glacée sur un banc de parc en essayant de deviner le prénom des gars qui passaient devant nous. Un super beau gars passe. Émilie crie: «Charles!» Le gars se retourne et lui demande s'ils se connaissent. Elle a pouffé de rire en rougissant. Moi aussi, j'ai *pouffé* et le gars a continué sa route, certain d'avoir croisé deux MONGOLES.

Émilie vit chez son père cette semaine. Elle **AIME** ça, sauf en ce qui concerne l'obligation de partager son père avec sa moitié-de-sœur. Elles dorment dans la même chambre, mais pas dans le même lit, parce qu'il ne faut tout de même pas exagérer. Tout serait **SUR LA COCHE** si Garance ne faisait pas de cauchemars. Elle se réveille en hurlant et Émilie aussi. (Pas le choix!) L'**ATTRAPEUR** de rêves géant qu'Émilie lui a offert pour son anniversaire ne suffit pas à capturer les millions de cauchemars qui se précipitent dans la tête de Garance chaque nuit. Il faut peut-être le vidanger. S'il est plein, il est certainement moins efficace.

Le père d'Émilie est **COOL**; il a pas changé d'idée au sujet de la soirée pour l'Halloween. Émilie s'arrangera pour que Garance s'*évapore*. Je lui fais confiance pour ça.

J'ai passé un bel après-midi avec Émilie. J'ai presque oublié la **LETTRE** reçue par *madame Elle*...

Chère Fille qui veut manger des bonbons à l'Halloween,

Tu n'es pas la seule à vivre une chicane comme celle-là. J'ai une amie à qui l'inverse est arrivé. C'est elle qui a offert sa place de gardiennage parce qu'elle n'était pas disponible. Avoue que c'est toute une coïncidence.
(Amorce vraiment bonne!)

Quand elle a appris que sa *BFF* retournait garder chez cette dame, disons qu'elle se prénomme Sara (les noms ont été changés pour préserver l'anonymat des personnages principaux), elle était enragée parce que, dans sa tête, ça se fait pas. Puis, l'humiliation a tassé la rage dans un coin (cette fille s'humilie facilement, elle est comme ça !). Elle se demandait si elle avait mal fait son travail ou quelque chose dans ce genre-là. Alors, elle a pété une coche, parce qu'elle ressentait trop d'émotions en même temps.

Ensuite, elle a réfléchi. (Elle fait ça, des fois. Capoter d'abord ; réfléchir après.) Elle a conclu que ce n'est pas sa *BFF*, le problème. C'est Sara, à qui mon amie a décerné le titre de girouette de l'année.

Et là, elle se demande comment faire savoir à sa *BFF* qu'elle s'ennuie d'elle et qu'elle a envie de manger des Gummy Bears avec elle en disant des niaiseries.

Fille qui veut manger des bonbons à l'Halloween, tu ne m'as pas écrit pour que je te raconte l'histoire d'une de mes amies que tu ne connais même pas. Tu t'attends certainement à ce que je te donne un conseil et, de préférence, un bon. Alors, en voici quatre pour le prix d'un : 1) N'écoute pas les gens qui te disent que les Gummy Bears, c'est mauvais pour toi. Ce sont des ignorants. 2) Si t'aimes pas ça, garder, arrête. Je connais une fille qui peut te remplacer quand tu veux ! 3) Surveille ta boîte aux lettres, tu pourrais y trouver une surprise... 4) Lily, tu me manques trop !!!

Foule sincèrement,

Léa, alias *madame Elle*

J'ai sauvegardé mon message pour l'envoyer plus tard... **Ben quoi !** J'ai un plan !

Je sais. J'ai promis à **Phil** de garder le **SECRET** à propos de *madame Elle*. Mais là, l'heure est trop grave. Je peux pas mentir à Lily qui se **CONFIE** au courrier du cœur en ignorant que c'est moi qui lui répondrai ! **Notes à moi-même : UN.** Dans mon courriel, demander à Lily de rester motus et bouche cousue. Elle me doit bien ça. **DEUX.** Avouer mon indiscrétion à Philippe. Parce qu'une promesse, c'est une promesse.

Ma vie est trop intense.

29 OCTOBRE

En revenant du ballet, j'ai déposé la carte d'anniversaire de Lily dans sa boîte aux lettres. (Je suis un peu en avance, je sais ! C'est mal ?) J'ai laissé un paquet de **Gummy Bears**, aussi.

De retour chez moi, je me suis précipitée dans ma chambre. J'ai courriellé la réponse de *madame Elle* à Lily avec, en prime, une demande de serment inviolable à propos de l'identité de madame Elle, puis je suis allée manger chez **LULU**. Monsieur H faisait des blagues moins nulles qu'à l'habitude. Même que j'ai ri. Trois **FOIS**.

Dans le bus, Lily est assise à **notre** place. Je me dirige vers **ELLE**. Je sais pas ce qu'elle va me dire. Elle se lève et me fait un giga câlin. Je lui en fait un aussi, pendant que **PVP** dresse un pouce dans les airs et que je pleure un peu et Lily aussi et que **Moucheronne** nous trouve nunuches.

– Ma chou, ta carte est géniale ! s'exclame Lily en l'ouvrant pour laisser les membres de 1D s'époumonner avec une qualité **SONORE** impressionnante (!).

Je souris.

– Lily, ça fait trente fois que tu l'ouvres. Je connais l'air par cœur, ai-je supplié trois coins de **RUE** plus loin.

– J'ai tellement ri quand j'ai ouvert l'enveloppe. Puis, Meg est arrivée et elle a voulu fouiner, comme d'hab. Tu la connais... Oh, mon Dieu ! Tu sais pas quoi ? À propos de son billet blanc ? Ma mère a téléphoné à l'école pour engueuler Mrs Austen !! Elle a même pas confisqué le cahier d'autocollants chéri de ma sœur ! Quand je te disais qu'elle est son chouchou...

– Quel cahier d'autocollants ?

– Celui dans lequel les gars de 1D sont des poupées de carton que tu peux habiller à ton goût. C'est cave rare, hein, Léa ?

– Lilyyyyyyyyyyyy ! Je vais le dire à Maman !!!!!!!!!!! **HURLE** Moucheronne, qui a tout entendu.

– ...

– Viens-tu chez Émilie demain?

Lily ne peut pas répondre. Elle mange dix **Gummy Bears** en même temps. Elle opine de la tête en me tendant son agenda.

– Coccinelle jaune! je crie en tapant sur l'épaule de ma *BFF* qui a tenté de me distraire pour augmenter son **score**.

Elle me fait ses meilleurs yeux **ronds**. Je jette un œil dans son agenda, à la case du 31 août. Pourquoi? Parce que Lily veut pas que les fouineux (sa sœur, peut-être!!!) découvrent nos secrets.

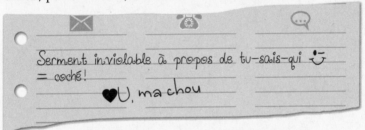

Serment inviolable à propos de tu-sais-qui ☺ = coché!
♥U, ma chou

J'aime (enfin) ma vie!

Poltergeist
ou Ouija?

31 OCTOBRE

Facebook. 16 h 53. Je constate qu'**ANTOINE** a célébré l'Halloween avec les membres de son équipe de soccer. Miss **HEÏDY** (qui rêve certainement de travailler pour *Paris Match*) a fait un reportage photo plus que complet de l'événement. Antoine était le plus beau, déguisé en joueur des Nordiques de Québec ! Il se déguise bien. La Miss ? En  de l'Ouest *foule* épeurante ! (Elle a pas besoin de se **DÉGUISER**, pour ça !) C'était vraiment nécessaire d'immortaliser leur baiser et d'en faire leur photo de profil ? L'un comme l'autre ? *Cui. Cui. Cui.* J'ai tout de même souhaité à Antoine une très mauvaise fête d'Halloween parce que ça porte chance. Et j'ai éteint mon ordi.

On peut être super *poche* en *arts plates* et réussir à vernir ses ongles ! La preuve ? J'ai **peint** les miens en noir sans dépasser une seule fois. Franchement ! Non, je suis pas devenue **gothique**. C'est l'Halloween ! Sur les ongles de mes petits doigts[32], j'ai dessiné deux pois blancs. Sur chaque pois blanc ? Un minuscule point noir. Deux yeux qui vous **regardent** dans le noir ! Booouh !

---

32. Ma mère a souligné qu'on dit auriculaires. Elle a souri en le disant, mais elle l'a tout de même souligné ! Grrr !

Je suis chez Émilie et je sors des toilettes. Le lien? Garance bûchait dans la PORTE. La. Sœur. D'Émilie. Est. Tellement. Gossante. Mille fois pire que Moucheronne. Comme c'est la moitié-de-sœur d'Émilie, je me suis questionnée sur l'origine d'une telle *gossance*. D'après ce que je constate, la MOITIÉ d'Émilie n'est pas en cause. C'est l'autre partie qui pose problème, je dirais.

Note à moi-même: ne plus jamais me déguiser en ELIZABETH SWANN, personne ne sait de qui il s'agit... Tsé, *Pirates des Caraïbes*... Keira Knightley... Oubliez ça.

Lily est déguisée en fée. Une bonne, là. Robe longue et tout et tout. Elle a bricolé une baguette magique qu'elle agite dans tous les sens en riant. Catastrophe! Guillaume n'est pas làààà, il termine son rapport de labo pour le cours de sciences. (Il arrive à respirer sans Lily, *lui*! Phénomène étrange qui mériterait que je m'y attarde sérieusement.) Il a coulé le dernier test, son père a capoté et Guillaume a décidé de prendre son avenir au sérieux parce que le secondaire quatre, c'est l'année la plus importante de sa vie. Mon rapport à moi? Rédigé au petit café, l'après-midi qui a suivi l'expérience. Avec mon fidèle coprésident.

Émilie? Elle est déguisée en LOUFFA! C'est pas une nouvelle chanteuse française à la mode, c'est l'éponge qu'on utilise sous la douche pour faire mousser le savon. Déjà, sa demi-sœur se moque d'elle et sa belle-mère la regarde d'un air méprisant, donc Émilie aura beaucoup d'effet sur les inconnus qu'on croisera dans la rue.

J'a-do-re l' !

Les adultes qui vivent dans ce quartier ont oublié comment rire. Nous portons nos manteaux de SKI par-dessus nos costumes, sauf Émilie qui a drapé une immense serviette de bain sur le sien pour rester dans le thème, ce qui les mystifie totalement. Résumé de nos savantes observations : les adultes se répartissent en quatre catégories.

Première catégorie : l'adulte gossant.

Extrait d'une discussion entre Lily et la *gossante* en chef :

– T'es déguisée en quoi, toi ? demande la femme.

– En fée, répond Lily en SAUTILLANT.

– Avec ton gros manteau, ça paraît pas trop, ma belle, lance-t-elle en lui faisant de l'attitude.

– Y fait froid, genre, explique Lily.

– Fais-moi un mouvement qui prouve que t'es pas une fausse fée, ricane cette vraie sorcière.

Lily essaie de voir derrière la dame pour deviner quels FABULEUX bonbons l'attendent si elle s'humilie au max. Puis, elle exécute un large mouvement avec sa baguette. Elle termine en simulant un coup de baguette sur le museau du CHAT noir de la femme, qui a feulé (le chat, pas la sorcière !) avant de se *sauver* sous la galerie.

– Pas piiire. Tiens, voilà pour toi, répond la *gossante* en chef en lui donnant un pot de pâte à modeler au parfum de chocolat.

Lily a les yeux **exorbités**. Tout ça pour ça? C'est pas vrai! Elle remercie à peine et tourne les talons. Émilie et moi? On rit tellement de sa face! Et on la suit parce qu'on est solidaires en toute occasion et aussi parce qu'on n'a pas vraiment envie de s'humilier sur un balcon pour de la pâte à modeler, même chocolatée. Quel genre de personne donne de la pâte à modeler à des ados?!?!?

Deuxième catégorie: l'adulte qui pense trop à la bonne santé, le seul soir dans l'année où c'est vraiment pas le moment. Exemple? Le nouveau voisin! C'est un dentiste INTENSE. Que donne cette race de dentistes aux enfants, à l'Halloween? Des brosses à dents. Sérieux. En plus, la mienne est jaune! AFFREUX!

Troisième catégorie: ceux qui laissent leurs décorations allumées et qui, en ouvrant la porte, nous crient qu'ils n'ont plus de **bonbons**, avant de nous claquer la même porte au nez.

Heureusement, il y a la **dernière catégorie:** tous les autres. Ceux qui sont dans l'ambiance et qui donnent des super bonbons en quantité. Comme Sara! Elle a déguisé Mia en **CITROUILLE**. Quand elle a ouvert la porte, elle a crié: «Aaaah! Mes gardiennes préférées!»

Déclaration un peu pas rapport, mais je passe l'éponge (j'en ai même une à portée de main!) parce que c'est ma soirée préférée de l'année. Parce que Sara nous a donné un énorme sac REMPLI de bonbons à chacune. Et, surtout, parce que Mia m'a fait un giga SOURIRE, à MOI, pendant que Lily lui jetait un bon sort avec sa baguette de gentille fée!

La lune est toute ronde et c'est magique. Quelques NUAGES fins la voilent. On dirait de la dentelle noire. Ça fait *foule* peur et c'est chouette en même temps. Lily capote et jette un sort à toutes les PRINCESSES qu'elle croise. Aux beaux gars déguisés en pompiers aussi. Ils en ont besoin? Nooon!

Je suis un peu inquiète parce que deux gars nous suivent depuis un bout de temps. Je sais pas en quoi ils sont déguisés. Loups-garous, vampires ou, PIRE, un mélange des deux. Je sais, le film *La Cité des ténèbres* m'a impressionnée. J'adore Lily Collins.

– Ils tournent le coin, ai-je averti. OhMonDieu! Ils nous regardent!!

Le soir de l'Halloween, je sais que TOUT peut arriver. Je suis vigilante, moi.

– Léa ne niaise pas, Lily. Ces gars nous suivent depuis la rue des Érables, souligne Émilie, un peu inquiète elle aussi.

– Allô-ôô! C'est pas un peu normal, des gars qui passent l'Halloween le soir de l'Halloween? lance Lily, que rien n'inquiète jamais, sauf, peut-être, la possibilité de manquer de bonbons. OhMonDieu! Au secours! Ils frappent aux portes des mêmes maisons que nous!!! C'est trop bizz!!

– Ils se rapprochent, dit Émilie en me fixant.

Ces deux gars sont vraiment LOUCHES. Je regrette qu'ANTOINE ne soit pas là. Antoiiine...

Cette MAISON-ci est trop effrayante!!! Au moins mille citrouilles illuminées, un CORBEAU qui nous regarde croche (fiou, son bec est en plastique!), un squelette au rire STRIDENT et dont les yeux verts clignotent. Nous avons sonné. La porte s'est entrouverte, une musique macabre s'est échappée de la maison hantée: des BRUITS de chaînes, des hululements, des plaintes de fantômes et des feulements de chats certainement porteurs de la raaage. Tellement cool!! Puis, une sorcière hideuse a surgi dans l'embrasure en frappant dans ses mains.

AAAAAAAAAAAAAAAAAH! Une énorme araignée velue est descendue devant nos yeux HORRIFIÉS. Nous avons hurlé. Je me suis enfargée dans ma jupe de FILLE pirate en tentant de me sauver, et un des gars louches, apparu juste derrière moi, m'a rattrapée. Pire malaise de toute ma vie!

La sorcière nous a trouvés tellement cool qu'elle nous a photographiés. Après avoir fait connaissance avec les deux 𝗚𝗔𝗥𝗦-plus-louches-du-tout, Lily leur a avoué qu'ils nous avaient fait peur et qu'on les avait pris pour des **maniaques**. Merci, Lily. Ils ont ri de nous, mais on a fini la tournée avec eux.

Chez Émilie après la récolte. Garance a pété une méga coche et on a été forcées de la supporter pendant le tri de nos bonbons. Cause du **PÉTAGE DE COCHE** : inconnue.

Le sous-sol est trop beau. Des bébés citrouilles **partout**, des masques blancs comme dans le film *Scream*, une machine qui fait de la vapeur, de la **MUSIQUE** d'ambiance... Mon sous-sol miteux mais chaleureux a l'air de la salle d'attente du médecin à côté de celui d'Émilie !

Tous nos bonbons sont étalés par terre. Une brosse à dents, deux pots de pâte à modeler (cherchez l'erreur!), des chips, des Smarties, des framboises suédoises, des crayons à **colorier** (utiles, mais pas vraiment délicieux!), des Skittles surets, à cacher loin de Lily, et des Rockets plutôt inoffensifs. Je sais pas pourquoi on reçoit toujours plein de Rockets. **UN.** Personne aime vraiment ça sauf les adultes qui capotent parce que ça leur rappelle leur enfance. **DEUX.** On peut jamais les échanger parce qu'on passe l'Halloween avec des gens de notre âge qui ne trippent pas là-dessus, eux non plus.

Lily en a profité pour nous rappeler à quel point on est peureuses et que les *loups*-garous/vampires étaient *foule* cool et patati et patata!

– Avouez que les gars déguisés en pompiers étaient beaux, *eux*, ai-je rappelé.

– C'est certain qu'un uniforme de pompier, c'est top! a baragouiné Lily, la *BOUCHE* pleine de Skittles Mystère.

– C'est pas top, c'est *sexy*, Lily, ai-je précisé en pensant à Antoine qui ferait un *super* pompier.

– *Pluche* qu'un uniforme de *polichier*, en tout cas. Les *polichiers*, *ch'est achez* ordinaire, a renchéri Lily en **avalant** trop de framboises *chuédoijes*.

– C'est pas un peu pareil? a demandé Émilie.

– Nooon! avons-nous hurlé en même temps.

– Moi, là, je trouve que l'uniforme de monsieur Camiré est vraiment beau, a ajouté Garance, toujours aussi *pas rapport*.

Capoter sur l'uniforme de monsieur Camiré, le brigadier scolaire âgé de cent trois ans qui sévit au coin de sa rue, disons que c'est *foule* bébé *lala*. Faut qu'on trouve un moyen de nous débarrasser d'elle au plus vite...

– Garance, retourne en haut. C'est l'heure du film de peur, là, annonce Émilie. C'est pas de ton âge! Ta mère te l'a dit, hier soir, et ce matin aussi.

Sa demi-sœur fait celle qui n'entend rien. Une SURDOSE de bonbons peut rendre sourd. Ça devrait être écrit sur l'emballage!

– Garance, c'est l'histoire de fantômes qui sortent de la télé pour hanter une famille comme la nôtre, ajoute Émilie, menaçante. T'as pas le droit de l'écouter. Ta mère a eu trop peur quand elle l'a vu. Va-t'en!

La principale intéressée CHANTONNE en classant ses bonbons par couleur. **Ouate de phoque!** Par couleur?!

– Tu vas faire des cauchemars et tu vas m'empê-cher de dormir jusqu'à Noël, insiste Émilie en haussant le ton.

Garance BRASSE les bonbons qu'elle a classés (sans doute qu'elle n'aimait pas le résultat final) en défiant Émilie du regard. Lily et moi, on aurait envie de lui tordre le cou, mais on sait que c'est pas poli alors on se retient. C'est pas facile!

Émilie monte voir son père, qui ordonne à la petite peste de nous laisser seules. L'insupportable ne bouge pas d'un poil! Le père d'Émilie hausse le ton de deux coches. Garance devient encore plus sourde. Finalement, sa mère l'appelle parce qu'elle ne veut pas que sa petite chérie soit traumatisée comme elle par *Poltergeist*. La demi-sœur d'Émilie se lève et nous REGARDE. Elle a l'air possédée. Elle se dirige lentement vers l'escalier. Sa main attrape la poignée de la porte. C'est gentil qu'elle pense à refermer derrière elle, on aura la paix...

Erreur ! Elle claque la porte si fort qu'elle brise le cadre. Le père d'Émilie arrive en trombe et la gronde. Franchement, c'est normal après ce qu'elle a **FAIT** à ce pauvre cadre de porte ! La mère de Garance ? Elle **engueule** le père d'Émilie en lui disant qu'il ne comprend pas leur petite fée. (Oui, le père d'Émilie s'est reproduit avec cette... femme ! Pas de commentaire !) **MALAISE !!!** Lily et moi, on compte les brins du tapis en attendant que la tempête passe. Il est beau, le tapis. Il est vert lichen, je crois. Elle revient à la mode, cette couleur, non ?

Le film commence. La musique ne fait pas **PEUR** du tout. Ça se corse assez vite car la petite Carol-Anne croit que la télé lui parle et elle s'en approche, toute innocente. Quand une main verte sort de l'écran (pas pour lui faire un *high five* !), on comprend que ça va mal **TOURNER** pour tout le monde.

Au début, les fantômes coquins jouent des tours sans **malfaisance**. Ils déplacent les chaises, les montent sur la table, et la mère, une autre adulte pas rapport, trouve ça hilarant. Nous ? On capote sur le clown assis dans la chambre de Carol-Anne parce que son large sourire **MANIAQUE** fait *foule* peur.

– Dans les films d'horreur, c'est toujours le clown, le coupable, énonce Émilie en se levant pour aller chercher des couvertures pour qu'on s'enroule dedans. Parce qu'on s'attend pas à ce qu'un **CLOWN** soit méchant. Un clown, c'est censé faire rire. Les filles, on se méfie des clowns, OK ?

Les lumières sont tamisées. On voulait être dans l' parce que ça ajoute toujours un petit quelque chose. Émilie est revenue et a distribué les couvertures. Elle a pris soin de fermer la porte derrière elle. J'ose pas lui dire qu'elle aurait pu la laisser entrouverte... Je suis pas une poule mouillée, quand même !

– Lily, t'es pas *game* de répéter trois fois « Marie noire » ! lance Émilie sans réfléchir.

– Lilyyy, fais pas ça !!! je supplie. C'est pire qu'un Ouija sans sel !!!

– Marie noire, Marie noire, Marie noire ! s'écrie Lily tellement vite que j'ai à peine le temps de dire « Marie blanche » pour conjurer le mauvais sort qui va tomber sur nous le soir où la frontière entre le monde des vivants et celui des **MORTS** est trop ténue.

Hiiiii !!! Des pas descendent dans l'escalier. Je le savais. J'ai tellement peur que mes **cordes vocales** sont paralysées. Je me cache dans ma couverture pendant qu'un **ESPRIT** cogneur frappe à la porte.

– OUAAAA**AAAAAAAAAAAH** ! hurlons-nous à l'unisson.

– Les filles, c'est juste moi! dit la belle-mère d'Émilie en TREMBLANT quand même un peu. Je vous ai préparé un super chocolat chaud. Je vous l'avais dit que c'était un bon film, hein? Ah! Vous êtes rendues au moment où les disques flottent dans les airs. Ça, c'est impressionnant! Attention, ça va se corser après.

Ouate de phoque! Ça peut être plus effrayant encore??

Il est presque minuit et je suis de retour dans ma chambre. Le film finit bien, sauf que cette famille n'écoutera plus JAMAIS la télé. Tellement risqué! Et le clown n'était pas maléfique... On a eu peur pour rien.

J'ai dessiné un cercle protecteur autour de mon lit, où j'ai installé le jeu de OUIJA. J'ai une question à poser et puisque, ce soir, la frontière entre le monde des vivants et celui des morts est une véritable PASSOIRE, c'est le moment ou jamais. Je me concentre.

Je demande aux esprits s'ils sont disposés à me répondre. Silence. Bon, ils n'ont pas dit non. D'après moi, ça signifie que oui.

Le vent secoue alors fortement l'arbre près de la maison. Une grosse BRANCHE s'agite devant ma fenêtre.

OUIJA me regarde, attendant que je pose ma question. Oublie ça! J'ai trop peur!

Vérité ou conséquence?

– Ma sœur est tombée sur la tête! m'annonce Lily, hors d'elle.

Hier? Impossible. Ça date de beaucoup plus longtemps que ça! Comme le sujet de cette brillante observation est assis à quatre banquettes de la nôtre et qu'il est doté d'oreilles BIONIQUES, je garde cette réflexion pour moi.

– Ma mère aussi, ajoute Lily, qui pense m'apprendre la NOUVELLE du millénaire.

Elles ont déboulé l'ESCALIER du sous-sol en même temps, peut-être? Ça expliquerait tellement de choses!

– Qu'est-ce qui...

– Ma sœur a eu une idée débile pour ma fête. Et ma mère la trouve géniale! s'exclame Lily en tournant son INDEX près de sa tempe droite.

– C'est quoi, son idée? je demande parce que je m'intéresse à la vie de Lily (qui finit toujours par influencer la mienne).

– Léa, tu vas tellement capoter! s'excite Moucheronne qui se retrouve soudainement dans le banc DEVANT le nôtre. On va fêter sa fête (?!? Un peu redondant, non?) samedi. (Le samedi 2 novembre comme demain, genre? C'est pas trop tôt pour nous avertir! On pensait au 9, nous!) On va faire comme si c'était Noël. (Quoi?) On va décorer le sapin.

(C'est logique. Tata, mais logique!) On va emballer ses cadeaux avec du papier de Noël. (Se référer à mon dernier commentaire.) C'est pas tout (c'est déjà beaucoup!), monsieur H pourrait se déguiser en père Noël et apporter les cadeaux! (Je doute qu'il trippe à l'idée de se **FAUFILER** dans votre cheminée!) Toi, là, tu vas...

– Léa fera rien parce qu'elle a déjà tout planifié pour ma fête, avec Guil-lau-me!! crie Lily.

– Des plans, ça se change, tu sauras! argumente Moucheronne.

Je fais celle qui a organisé un **PARTY** d'enfer. C'est pas vraiment faux. Je camoufle sa piñata dans ma penderie depuis quelques jours. C'est le **BROUILLON** d'un super **PLAN**, ça!

– Mégane, un party, c'est censé faire plaisir à la personne qu'on fête, je précise. Est-ce que ça plaît à Lily? (Ma *BFF* mime une crise aiguë de vomissement.) D'après ce que je comprends, non! Donc, c'est une mauvaise idée. Laisse faire. On s'en occupe déjà!

– Très trop bizz, Léa! lance Moucheronne, rouge comme une borne-fontaine.

On dirait un maringouin prenant la fuite devant une bombe d'**✳✳✳✳✳✳✳✳✳✳**! Et. Je. Ne. Suis. Pas. **Bizz**!

– Guillaume, faut sauver la fête de Lily, sinon on aura droit à une répétition du réveillon de Noël!!!

je chuchote rapidement à Guillaume parce que la principale intéressée **danse** dans le corridor en donnant des Rockets aux secondaire un.

– On s'en reparle? répond Guillaume en me faisant des yeux paniqués et interrogatifs.

Je regarde derrière moi. La  Dragée[33] se dirige vers nous en sautillant. **Fiou**, la cloche! Test de français. Compréhension de texte. Adieu!

Opération Sauvons la fête de Lily. Mon carnet sauve-la-vie est ouvert devant moi. Je tape distraitement sur ma tête avec mon stylo FLEURI tout choupinet. Un seul point **CLIGNOTE** sur la liste aussi blanche que le Grand Nord canadien :

Seizième anniversaire de Lily

Liste d'idées trop géniales :

Piñata One Direction
(coché, elle est dans ma penderie)

---

33. C'est la reine du pays des bonbons, dans le ballet *Casse-Noisette*. Si ce pays existait dans la vraie vie, Lily tuerait pour accéder au trône...

Si je ne veux pas trop m'HUMILIER devant Moucheronne, j'ai avantage à trouver des idées plus géniales que celle-là. Antoine ! C'est encore mon ami. Même si sa photo de profil est bof... Il aura peut-être de l'inspiration.

2 NOVEMBRE

Réponse d'ANTOINE au sujet de l'ANNI-VERSAIRE de Lily. Il a fait vite !

Antoine

Manquer l'anniversaire de Lily = :-(

Aurait aimé voir sa face devant
Monsieur H déguisé en père Noël...

LOLLLL

Suggestion ? Allez jouer au *pool*.
Guillaume sait où !

À+, entraînement d'Ironman.
Très exigeant.

Tchawww, belle Léa !

Il a écrit « belle Léa » ! C'est vraiment lui, ça ! *Blink* rougissant.

Seizième anniversaire de Lily

Liste d'idées trop géniales :

Piñata One Direction
(coché, elle est dans ma penderie)
                    toujours

Bonbons (à acheter en quantité industrielle)

Pool (Guillaume sait où !)

Mon plan est tellement rodé, c'est épeurant à quel point.

— LÉAAA !!! Viens ramasser les restes de ton petit-déjeuneeer !!!!!!!!!!!!!!! MAINTENAAANT !!!

Le pot de confiture n' explosera pas s'il demeure sur la table pendant plus de ~~cinq~~ cinquante minutes. Même que ça lui change les idées, j'en suis sûre. Emprisonné dans un frigo, c'est pas une vie ! NON à la captivité des pots de CONFITURE ! Qu'ils soient LIBRES ! Bon… trêve d'excuses *poches*. Je dois y aller. Excusez-moi. Quand un adulte a un urgent besoin d'attention, faut y voir !

3 NOVEMBRE

Suivre Guillaume sur Skype quand il utilise son iPad = sport extrême. Il ignore comment se placer devant la CAMÉRA. Un moment, je vois seulement le dessus de sa tête. Puis, j'ai droit à un GROS plan flou sur son nez. Ou sur son front. Ou sur le mur de sa chambre tapissé de posters. (Aucune trace de ONE DIRECTION, tiens donc. Il a joint le côté obscur de la Force ?) J'ai mal au cœur…

– Guillaume, arrête de bouger !

Il s'est calmé et on s'est entendus sur l'élément clé : la MUSIQUE !

– Tu t'en occuperas, ça va de soi ! dis-je en cochant mentalement ce point de ma liste.

– La vraie musique, oui ! Pas les niaiseries de 1D !

– On veut faire plaisir à Lily, je lui rappelle.

Moi, Léa Beaugrand, j'ai pris la défense de 1D ? Désolant !

Seizième anniversaire de Lily

Liste d'idées ~~trop~~ géniales : *(juste assez)*

Piñata One Direction
(coché, elle est dans ma penderie)
^toujours

Bonbons (à acheter en quantité industrielle)

Pool (Guillaume sait ^encore où !)

Immense saladier rempli de crottes de fromage
(= illusion de carottes pour les parents qui
trippent un peu trop « santé »)

Brochettes : guimauve + bonbon vert en gelée +
guimauve + cerise au marasquin (c'est un demi-
fruit) + guimauve + ananas en cube (seul vrai
fruit) + guimauve

Gâteau aux jujubes (à faire la veille)

Si c'est pas un plan rodé, ça ! On est trop **EFFICACES**, Guillaume et moi !

La fête de Lily sera **ma-la-de** ! Reste à trouver comment maquiller mes ongles. Sur YouTube. *Oooh* ! Des ongles Gummy Bears. C'est trop approprié. Jaune. Pêche. Rouge. Vert. **OhMonDieu** ! S'agit de se concentrer. D'y aller doucement. Dou-ce-ment...

Moucheronne a envie de me DÉVISSER la tête depuis l'épisode du sapin d'anniversaire. Comme le dévissage de tête est interdit dans l'autobus, elle chuchote « Trop bizz ! » chaque fois que je passe à côté d'elle. Elle parle la langue des INSECTES... Ce début de transformation a de quoi inquiéter. Je peux pas éviter de passer à côté de cette étrange fille, c'est le seul chemin possible vers l'arrière du bus !

Pourquoi je ne réplique jamais ? Franchement ! Une secondaire quatre ne s'abaisse pas à relever les propos stupides proférés par un coléoptère de secondaire un ! Règle non écrite numéro cinq.

Je respecte aussi la règle non écrite numéro six à la lettre : À chaque secondaire un qui te BAVERA, de l'attitude tu feras ! (Est-ce que c'est Lancelot-Yoda qui l'a écrite, celle-là ?!)

Ce matin, nous sommes débordés. Je remets les commandes de PHOTOS aux étudiants excités pendant que mon coprésident lit Ze communiqué :

– Gang ! (?) La traditionnelle danse d'automne se tiendra le vendredi 15 novembre. Les billets seront en vente à la caf' (??). Vous pouvez inviter quelqu'un de l'extérieur. Participez en grand nombre, les profits iront aux finissants ! L'an prochain, ce sera notre tour ! Solidarité, gang.

Karo ne se possède plus à cause de l'ANNONCE de la danse. Moi, je regarde PVP, bouche bée. Le PROF de math aussi.

– Ce matin, étude des probabilités, les cocos.

Comme dans la probabilité qu'un *nérd* change à ce point-là en une **AUIE**? Ce sera le cours le plus utile de notre vie!

Nous sommes autour de NOTRE table. Tout le monde, surtout les filles, veut voir les photos de tout le monde, mais surtout celles des gars. Les gars? Ils capotent sur la dernière **CARTE** de hockey de P.K. Subban et se demandent combien elle vaut sur le marché. Tellement **immatures**!

– Karo, t'es trop différente sur ta photo, on te reconnaît pas. Tu pensais à quoi? veut savoir Émilie qui, elle, a réussi son meilleur air bête à vie.

– À rien, les *chicks*. J'étais juste trop pas partie pour me faire photographier, ce matin-là.

Les *chicks*? **Ouate de phoque!** «Juste trop pas»??? Elle a vraiment dit ça?!

– Toi, Léa, t'as l'air ailleurs! Tu pensais à Antoine, ma vieille? lance Guillaume en me faisant un **clin** d'œil.

– Guillaume, occupe-toi de ton P.K.!

Je vais mieux, j'ai presque ri. Sérieux, au moment de la photo, je pensais à Lily trop en **AMOUR**, à **ANTOINE** trop loin, à Émilie que je ne connaissais pas beaucoup à l'époque, à ma mère qui passait (et qui passe) trop de temps à l'étranger et à mon père qui **CAPOTAIT** trop sur le rangement. Tout ça, ça s'est reflété sur mon visage en même temps. Résultat:

cette photo ne trônera pas sur le bureau de ma mère à , genre.

♥ ♥ ♥

Petit devoir à **TERMINER**. La liste des règles non écrites.

⭐⭐⭐
Liste des règles non écrites de la vie des ados ⭐

par Léa Beaugrand (secondaire quatre)

1. Les secondaire un ne s'assoient pas en arrière du bus avec les SECONDAIRE QUATRE et CINQ. Cette règle vise directement les membres d'un certain essaim de moustiques !

2. Les secondaire un ne se mêlent pas des conversations des vieux (ben, nous !). →

3. Afin de ne pas déclencher la Troisième Guerre mondiale, une ado ne sort pas avec le chum de sa sœur, de sa cousine ou de sa meilleure amie. Cette règle s'applique aux gars aussi.

4. Une ado ne vole pas le contrat de gardiennage de sa *BFF*.

5. Une secondaire quatre ne s'abaisse pas à relever les propos stupides proférés par un coléoptère de secondaire un !

217

6. À chaque secondaire un qui te bavera, de l'attitude tu feras !

6 NOVEMBRE

— As-tu lu le courrier de madame Elle, Léa? me demande Cloé, une fille cool qui tient *La GaZzzette* dans sa main gauche.

J'ai **ROUGI** parce qu'elle m'a prise au dépourvu. Phil est à côté de moi et il **toussote** subtilement. Arrête, je sais rester discrète !

— Pas encore, Clo.

— Elle est capotée !!! poursuit-elle. Sais-tu c'est qui?

— Y a seulement le rédacteur en chef qui peut te répondre, je lance en **SOURIANT** presque trop.

ARRANGE-toi avec ça, mon Phil !

– Cloé, un bon journaliste ne divulgue jamais ses sources, répond PVP presque sérieusement.

– N'importe quoi !!! avons-nous répliqué ensemble.

8 NOVEMBRE

J'ouvre la **LETTRE** que madame Carouby m'a remise hier. Cool, du papier rose avec des cœurs !

Chère madame Elle,

J'ai écrit un mot sur le site *Spotted* de l'école pour faire comprendre à un gars de ma classe que je le trouve de mon goût. J'ai écrit : « Toi qui joues au mississipi tous les lundis midi à la table près de la fontaine... allô ! »

Ça fait trois semaines et il n'a pas encore répondu. Crois-tu qu'il est trop gêné ? Mon amie pense plutôt qu'il ne s'est pas reconnu. (Moi aussi !) C'était pas assez clair ? (Disons qu'il doit pas jouer tout seul, ils sont au moins cinq autour de la table.) La danse approche et je serai seule s'il continue à ne pas se reconnaître. Mon amie insiste pour que je lui parle directement. Je peux pas parce que je suis gênée et que j'ai peur qu'il se moque de moi. Qu'en penses-tu ?

Rouge tomate

P.-S.: Peux-tu me répondre par courriel (rougetomate@hotmail.ca) ? La danse, c'est vraiment bientôt.

On dirait que c'est moi qui ai écrit ça quand j'étais en secondaire deux et que je viens tout juste de recevoir le ❤️COURRIEL❤️ que je m'étais adressé, comme dans le film *Retour vers le futur*!

ETK, Rouge tomate, je te comprends tellement!

– Léa! Ça traîîîneee partouuut!!! Ramasse tes vêtements une fois pour tou-tes.

– ... (soupir)

C'est pire qu'*Unité 9*[34] ici! À+.

J'ai rangé les QUELQUES vêtements que j'avais oubliés dans la salle de séjour. Rien pour péter la coche du millénaire.

J'ai ensuite traversé chez Lulu, qui m'encourage pendant que je confectionne le GÂTEAU aux jujubes pour Lily. Les jujubes sont trop délicieux. Ben quoi? Faut goûter à ce qu'on prépare pour ne pas empoisonner ses invités! En piquant le gâteau pour m'assurer qu'il est cuit – Luluuu, est-ce que le pic est propre? –, je lui raconte le problème de Rouge tomate. Le pic n'est pas PROPRE, d'après

---

34. Émission télédiffusée à l'antenne de Radio-Canada. On y raconte la vie de détenues dans une prison.

LULU. Alors, j'attends. Elle est d'accord avec moi, la fille timide doit parler au **GARS**.

J'ouvre la porte du four une deuxième fois. Je pique encore le gâteau. Quand je ressors le **PIC**, il est un peu plus propre, mais pas assez selon Lulu, qui dit «trois minutes de plus» avec tellement d'assurance. C'est looooong! Assez pour que monsieur H vienne se mêler de l'histoire de Rouge tomate. Il prétend que les gars aiment ça, quand les prennent les devants. Je rétorque que si on ne prenait pas l'initiative, il ne se passerait pas grand-chose dans nos vies! Lulu **éclate** de rire. Monsieur H rougit. **Ouate de phoque!** Je veux surtout pas connaître les détails de leur vie privée... Une chance que le pic est enfin propre. Je retourne chez moi avec le gâteau, que je dépose sur le comptoir de la cuisine pour qu'il refroidisse. Opération **GLAÇAGE** : demain matin.

À: proffrancaissec4@gmail.com
De: courriermadameelle@gmail.com
Objet: Réponse pour le courrier du cœur

Chère Rouge tomate,

Tu fais bien de t'inquiéter. La danse, c'est dans sept dodos. Tu comprends qu'il faut absolument éviter de faire comme Ron Weasley dans *Harry Potter et la Coupe de feu*.

Capsule informative si tu ne connais pas la série *Harry Potter*. (Tu arrives de Mars?) Ron voulait aller au bal de Noël avec Hermione, mais il l'a compris à la dernière minute ou il était trop gêné, ou peut-être un peu des deux. Les gars sont comme ça. Ils ont l'air braves et courageux, mais, dans le fond, ils sont comme nous : timides et malhabiles.

Je reviens à Ron… Il a attendu trop longtemps avant d'inviter Hermione, qui a accepté l'invitation de Viktor Krum. Il est allé avec une fille qui ne l'intéressait pas. La fille qui l'accompagnait l'a planté là parce qu'il ne voulait pas danser. Ron est resté assis en attendant que finisse la pire soirée de sa vie !

M'as-tu écrit pour que je te raconte la vie fictive de Ron Weasley? Non! Tu veux savoir comment prendre ta vraie vie en main pour éviter de boire tout le punch aux fruits en compagnie de ta *BFF* pendant que les filles accompagnées danseront comme des mongoles avec Ze gars.

Lundi midi, va dans la salle de mississipi et parle-lui. Prends exemple sur Gabrielle dans le film *Gabrielle*. (Note au rédacteur en chef : ceci n'est pas une répétition. C'est pas moi qui ai choisi de titrer le film avec le prénom du personnage principal…) Gabrielle, la fille du film, a téléphoné à Martin, le gars qui lui plaît, et lui a demandé s'il voulait être son chum. Martin a répondu

«Ben ouiii!» Donc, truc totalement éprouvé. D'après moi, c'est la meilleure chose à faire dans les circonstances.

Maintenant, je m'adresse à toi, Gars qui joue au mississipi tous les lundis midi à la table près de la fontaine. Si tu veux pas rester sur le bord de la piste de danse à manger des chips avec tes amis pendant que les autres auront du fun, va donc lire *Spotted*. T'as un message!

Bonne danse!

Madame Elle

Courriel à ma **PROF** de français = **coché!**

Je souhaite qu'elle ne ~~me demande~~ m'impose pas trop de **corrections**. J'ai pas rien que ça à faire, ce week-end.

9 NOVEMBRE

– Ouate de... Qui a mangé une tranche du gâteau d'anniversaire de Lilyyyyyyyyyyyyyyyy!

C'est mon père! Y a que lui pour manger du gâteau aux jujubes pour déjeuner! Ma surprise est ratée! Ra-tée!

– Papa!!!!!!!!!!!

Aucune réponse.

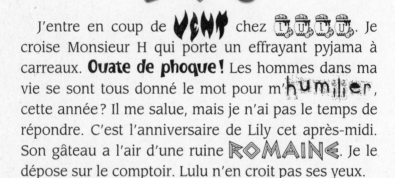

J'entre en coup de **VENT** chez **LULU**. Je croise Monsieur H qui porte un effrayant pyjama à carreaux. **Ouate de phoque!** Les hommes dans ma vie se sont tous donné le mot pour m'**humilier**, cette année? Il me salue, mais je n'ai pas le temps de répondre. C'est l'anniversaire de Lily cet après-midi. Son gâteau a l'air d'une ruine **ROMAINE**. Je le dépose sur le comptoir. Lulu n'en croit pas ses yeux.

– Tu m'dis pas qu'y a des souris dans la maison? lance Monsieur H en souriant trop.

– Luluuu! Papa a tout gâché! je sanglote.

– Tu cherches un moyen de réparer ça, hein, ma Lélé? Va te préparer, j'arrange ça. Herménégiiilde..., gronde Lulu en voyant son amoureux rire aux larmes.

C'est peut-être lui!!! Des fois, les gars pensent avec leur **ESTOMAC**. Ils m'énervent tous!!!

Première étape du *Sweet Sixteen* de Lily. Arrivée au centre commercial en **compagnie** d'Émilie.

Guillaume a suivi les indications d'Antoine. *Blink!* On jouera au **POOL**. Lily (maquillée!) est vêtue sobrement d'un jean et d'un chandail juste assez décolleté (une robe de PRINCESSE, c'est embarrassant dans une salle de *pool*!). Elle sautille et embrasse son amoureux en même temps. *Cui. Cui. Cui.*

Quand ils ont fini de s'embrasser, on tire les équipes au sort, parce que c'est toujours plus juste. Notre prof de math nous en a fait la DÉMONSTRATION pendant le cours de probabilités. Résultat : je suis avec Phil contre Lancelot, qui préfère être seul. Théorie du prof à revoir : Lily est avec Guillaume... Le hasard est truqué!!!

Comme je sais pas comment tenir ma baguette, **Phil** m'explique en détail. Capsules historiques sur l'évolution du **POOL** en prime. Bon, maintenant que je sais, je place la boule blanche devant le triangle de boules de toutes les couleurs. Je CASSE le triangle sans faire entrer une boule dans un des nombreux trous qui **entourent** la table. Pire... sans vraiment faire bouger une seule boule. C'est la participation qui compte, non? Phil m'explique que tout est une question de déplacement et de force de frappe et de point de friction et d'angles et d'une foule d'autres choses trop compliquées...

– C'est simple (???), c'est de la physique appliquée! insiste-t-il.

Pendant que Phil essaie de faire entrer la **boule** rouge pour la seconde fois dans un trou en utilisant ses principes de physique scientifiquement éprouvés,

Lancelot attend en sifflotant. Puis, il se lève parce que c'est enfin son tour.

– Bon, je vais finir la *game*, ça fait assez longtemps qu'on niaise...

Phil le défie du regard. Lancelot se penche, tient sa baguette comme un pro. Il entre toutes les boules, les unes à la suite des autres. La **NOIRE** en dernier.

C'est pas juste. Il a jamais dit qu'il était un as du *pool*!

Pendant ce temps, Karo et Émilie affrontent Guillaume et Lily.

C'est trop drôle d'entendre Guillaume tenter d'expliquer à Karo qu'elle doit 〉**ANNONCER**〈 quelle boule elle veut faire entrer dans un sac, et indiquer dans quel sac elle la fera rentrer. Karo n'en croit pas ses oreilles.

– Guillaume, je suis pas capable d'en faire entrer une. Comment je peux te dire *laquelle* à l'avance et en plus, dire où?! Tu triches, c'est certain! Je veux voir les règlements...

Puisqu'il faut *COURONNER* un gagnant à la fin (parce que dans la vie, c'est plate, mais ça prend toujours un gagnant), les meilleurs s'affronteront en finale. Dans le coin gauche, **CHAMPION** de la maison des jeunes... Lancelooot! Dans le coin droit, adepte du *pool* depuis sa plus tendre enfance... Guillauuuume! La foule est en **DÉLIIIIRE!**

Le premier qui touche aux boules a toutes les chances de **VIDER** la table sans que l'autre ait la possibilité de jouer. On devait décider qui allait commencer... Guillaume a lancé la baguette à Lancelot, qui l'a attrapée trop bas. Guillaume a cassé et il a vidé la table. On l'a félicité. On a félicité Lancelot. Et on est allés chez **MOI**.

Dans le bus, Lily interroge sa **BOULE** noire **magique**, cadeau de Lancelot. Elle pose des questions à propos de tout et de rien. Des exemples?

– Le feu sera-t-il rouge au prochain coin de rue?

Réponse de la boule... alors que le feu est **vert**!

– Bouhhh!

– Du calme, gang, elle se réchauffe!

– Est-ce que j'aurai un gâteau de fête mémorable?

Cette **BOULE** est plus compétente qu'il paraît.

– Je vous l'avais dit ! Là, je lui pose une question top secrète. Interdit d'écouter !

Lily chuchote quelque chose à sa boule.

Lily fait un drôle d'air et range sa boule qui a bien travaillé, selon elle. J'ai hâte de la lui emprunter. C'est précieux, une boule noire MAGIQUE.

Seconde étape du *Sweet Sixteen*. Nous sommes dans mon sous-sol MITEUX mais encore et toujours aussi chaleureux. Les cinq posters de **1D** me narguent. Je fais comme si c'était normal, cet étalage de couleurs sur le mur de préfini brun rayé brun. Nous avons mangé les brochettes de «fruits» et, pour changer, c'est l'heure du gâteau. Lulu l'a transformé en papillon ! Personne ne devinera qu'un **OGRE** malfaisant l'a attaqué la nuit passée. Pendant que je pique seize chandelles dans le glaçage rose, Guillaume s'approche de l'ordinateur portable de ma mère. Antoine sur Skype ! Ça faisait longtemps. Il a pas trop changé. Je lui ai dit «allô !» et Lily aussi. **ANTOINE** a répondu «allô, belle Léa !» et les autres ont répliqué «ouuuh !»

Puis, on a chanté bon anniversaire à Lily avec Antoine en direct de la Finlande. (Il chante bien, pour un gars!) Lily **COUPE** le gâteau et je fais semblant d'en donner une part à Antoine, qui fait mine d'y goûter. Il rit aux éclats et ça me donne envie de pleurer. Je le salue parce que je dois aller chercher des verres en haut. Excuse *poche* pour que les autres ne voient pas les larmes dans mes yeux.

ANTOINE me manque encore. C'est pas facile quand son ex est en Finlande et que sa nouvelle blonde se prénomme **HEIDI** et qu'elle le colle sur sa photo de profil comme une **HUÎTRE** sur son rocher! À mon retour au sous-sol, Antoine était retourné en Finlande. Lancelot m'a offert une part de gâteau en me demandant si tout allait bien. Il est impossible à mystifier, lui.

Pour **SUSPENDRE** la piñata, j'ai demandé son aide à **Philippe**, qui n'a rien dit de négatif sur cet objet franchement bébé pour tout le monde sauf pour ma *BFF*. Il n'a rien dit non plus lorsqu'il a compris que nous allions frapper sur les gars de **1D**. Il m'a seulement demandé avec quoi je l'ai remplie pour qu'elle soit si lourde. «Tous les *bonbons* du *dep*», lui ai-je répondu en riant. Il a levé les yeux au ciel.

J'invite la fêtée à donner le premier coup de bâton parce que c'est toujours comme ça qu'on fait et qu'il n'y a aucune raison de changer les règles ce soir. Nous, on applaudit à tout **ROMPRE** et on crie parce que c'est comme ça aussi. Puisque Lily n'a pas réussi, elle passe le bâton à son amoureux (Cui. Cui.), qui **cogne** pour décapiter Liam (qui est un chanteur plus résistant qu'il n'y paraît). Lily reprend le bâton et frappe une autre fois. Mon tour? Je me défoule au max et tout y passe: la chicane avec Lily, ma rupture avec **ANTOINE**, **HEYDY**-la-diabolique, mon père et le ménage, One Direction... Malgré tout, zéro résultat. La piñata se balance moqueusement au-dessus de nos têtes, toujours intacte. On a essayé chacun notre tour et, finalement, il a fallu que Lancelot et Guillaume s'y mettent à deux pour venir à bout de ce groupe diabolique. Je crois que c'est un signe. **ONE DIRECTION** est peut-être là pour durer un bon bout de temps... Heureusement, on s'est vraiment défoulés et c'était gé-nial!

Je sais pas qui a proposé de jouer à **vérité** ou **conséquence**. C'est **TELLEMENT** cinquième année du primaire! Mais tout le monde en avait envie. J'ai déposé nos noms dans un ⓢⒶⒸ, que j'ai tendu à Guillaume.

– Karo, c'est toi qui commences! a-t-il annoncé.

Elle a eu l'air un peu **PERDU** en entendant son prénom. C'est pas nouveau, remarquez. Elle vit sur une autre planète.

– Lily: vérité ou conséquence? lance Karo, qui se réveille tout d'un coup.

– Vérité! Franchement! J'ai rien à cacher, moi! Demande-moi n'importe quoi!

– Super ! Je suis pourrie pour trouver des conséquences... J'espère que tu vas dire la vérité...

– Pour savoir la vérité, faudrait que tu poses ta question, rappelle Lily qui a seize A N S maintenant.

Ça paraît vraiment.

– Portes-tu toujours des petites culottes assorties à ton soutien-gorge ?

– ...

– Enfiiin ! La vérité sort au grand jour, niaise Lancelot.

Lily regarde dans son DÉCOLLETÉ.

– Mon choutien-gorge est blanc et mes bobettes chont rojes à pois blancs, donc, ch'est non ! s'esclaffe-t-elle sans aucune gêne, en consommant le contenu de la piñata. Tu voulais vraiment chavoir cha, Karo ?

– Ouiii !

– T'es bizz, ma vieille. Mais change surtout pas, on t'aime comme ça ! conclut ma *BFF*.

Philippe me regarde, découragé. Je sais pas s'il a déjà joué à Vérité ou conséquence. Il a l'air un peu dépassé par la tournure des événements... C'est au tour de Lily, qui pose LA QUESTION à Lancelot.

– Con. Sé. Quence !!! Qu'est-ce que je fais ? Qu'est-ce que je fais ???

– T'as pas le droit de reculer, hein ? Tu sais ça ?

– C'est toi qui as peur, on dirait. Pas moi!

– Embrasse une fille dans la salle. Euh, dans ce sous-sol magnifiquement miteux et tout de même très chaleureux!

On a dit «ouuuh!» en même temps. **Phil** et Guillaume se tapent sur les cuisses, crampés. On se demande tous *le* même question: qui Lancelot EMBRASSERA-t-il?

Il se lève. Se dirige vers Émilie. Je le savais! Mais il s'arrête devant moi. Quoi? Il prend ma MAIN droite et me demande de me lever. J'obéis, comme dans un rêve. Il m'embrasse (bien). Je rougis. Il chuchote que c'est de la part d'Antoine.

Les autres nous applaudissent. Je sais plus quoi faire. Alors, je le remercie à voix haute! La pire réaction au monde. Lancelot glousse. Je rougis à la puissance mille. Lily me fait un signe secret. Elle veut savoir si Lancelot embrasse bien...

C'est mon tour et je n'arrive plus à penser. Le baiser de Lancelot a éteint mes neurones. Émilie! Je lui pose la question. Elle veut pas de conséquence. Après ce qui vient de se passer, ça se comprend.

– Émilie, as-tu déjà embrassé un gars et si oui, c'était quiii?

– Léa, c'est Lancelot qui t'as inspirée? Parce que tu restes dans le même domaine, souligne Guillaume, qui devrait manger de la réglisse rouge au lieu de dire des NIAISERIES.

Je lui jette un regard censé l'**HYPNOTISER**.
Ça marche tellement pas.

– Maxime Picard, en sixième. Où? Sous la glissoire de la piscine municipale. C'est la première fois que je le dis et la dernière aussi. *Give me five!*

– Maxiiime Picaaard? Il embrasse bien? demande Karo, soudainement sortie du **brouillard**.

– *High five!* ai-je crié avec un décalage, parce que je pensais encore à ce qui venait de se passer avec Lancelot.

– À toi, Philippe! annonce Émilie. Avec quelle fille présente dans cette pièce aimerais-tu sortir?

Elle ne lui a même pas demandé **vérité** ou **conséquence**. Elle est allée droit au **BUT**!

– Conséquence, répond-il en me regardant droit dans les yeux.

Qu'est-ce qu'il a à me dévisager? Est-ce que mon **MASCARA** a coulé? C'est pas censé. Il est garanti super **HYDROFUGE** au max.

– C'est pas le jeu! avons-nous crié en chœur.

On sait qu'on n'a pas raison. Émilie a sauté l'étape **CRUCIALE**. On savait qu'il serait heureux de nous obstiner.

– Oh non! Pas ton iPad! C'est pas justeee! avons-nous poursuivi.

Philippe a trouvé tous les règlements (je savais même pas qu'il y en avait!) de ce jeu sur son iPad chéri. (Qui se rend à un *party* avec sa tablette électronique? À part lui, je veux dire?) Il a évidemment raison, alors on demande à Émilie de choisir la pire conséquence au monde.

– Monte sur le divan et tape sur ta poitrine en imitant le cri de Tarzan!

Il l'a **FAIT**, il a eu l'air fou, on l'a applaudi et il a rougi.

Philippe suit les règles à la **LETTRE** et pose la question à Guillaume, qui choisit la vérité.

– As-tu déjà trompé ta blonde?

S'il a jamais joué, **Phil** apprend vite!

– Es-tu fou? JAMAIIIIIIIIIIIIS!

On a applaudi et Lily l'a embrassé devant nous. C'était trop gênant, mais comme c'est son **ANNIE VERSAIRE**, on va faire comme si on n'avait rien **vu**!

– Bon! Karo (elle sursaute. **Ouate de phoque**, elle est tellement *space*, c'est épeurant. À quoi pense-t-elle tout le temps?), c'est ton tour, poursuit Guillaume. Vérité ou conséquence?

– Karo, oublie pas. Faut dire la vérité vraie, rappelle Lancelot en me faisant une **bine** sur l'épaule.

– Ouch!

– Ouais, si tu mens, on va le savoir, renchérit Guillaume. Lily va demander à sa boule magique. Hein, Lily?

– Vérité, murmure Karo, qui semble douter de sa décision.

– Qu'est-ce que tu apprécies le plus chez un gars?

– Son sérieux mais, surtout, son intelligence, répond-elle en jetant un coup d'œil pas subtil du tout à PVP, qui a l'air assez étonné par cette révélation.

On lance tous les coussins à Karo, qui couine. Elle a PEUR des coussins?

– Elle ment! Ça mérite une conséquence, ça, conclut Philippe en se référant sans aucun doute aux règles de la treizième variante du jeu trouvée sur Internet.

– On joue pas comme çaaa! a-t-on crié en lui lançant des crottes de FROMAGE parce que Karo monopolise encore les coussins.

– Léa, question boni!!! m'interpelle Karo en émergeant enfin de sous la pile de COUSSINS.

– Y a pas de boni, dans vérité ou conséquence! je rétorque.

– Écoute-moi! poursuit Karo comme si j'avais rien dit. As-tu déjà touché, par accident, là, les seins d'une fille? Si oui, t'es-tu excusée au moins?

Je lui ai évité une **conséquence** de **PVP** et c'est comme ça qu'elle me remercie? Karo, c'est quoi, ton problème, ce soir? Les sous-vêtements trop **DÉPAREILLÉS** de Lily, le commentaire pas subtil visant Phil et là, cette autre question pas *rap'*!

– Tu veux pas répondre, Léa? pouffe Lancelot. Tu me déçois tellement!

– Eh que t'es nono! Ben, la réponse est oui, si tu veux tant savoir. Les seins de Constance, pendant un cours de danse. J'ai rougi et je me suis excusée. Je bafouillais comme une crétine. Je sais pas pourquoi j'étais aussi mal à l'aise. Le pire??? Elle ne s'était aperçu de rien!!!!

Tout le monde a ri parce que ça nous est tous arrivé. Des fois, on fait **dur**.

– Lily, tu trouves ça trop drôle! ai-je dit. Question boni pour ta fête!

– Y a pas de boni dans vérité ou conséquence, m'ont imitée les autres en **RIANT**.

– Roulement de tambour! Lily, quel est le pire mensonge que tu aies raconté à ta mère?

Silence dans la pièce. On attend la réponse qui promet d'être méga **RENVERSANTE**. Ma *BFF* rougit, hésite, bafouille et regarde Guillaume, paniquée. Lui? Il rit.

– Oublie ma question, Lily!

Pluie de coussins!!!

Lily couche ici, ce soir. On a RAMASSÉ le sous-sol ensemble avant que mon père pète une autre coche pro-ménage. Puis, on est allées dans ma chambre.

– Ma chou, Lancelot, ben... il embrasse bien?

– On peut dire ça! ai-je répondu en suçotant une bague bonbon au parfum de cerise bleue.

– Je veux des détails!! Bien comment?

– Bien comme... bien, là.

– Mieux qu'Antoine?

Je pensais qu'on ne jouait plus à vérité ou conséquence!

– ... (sanglot étouffé) Il m'a dit que c'était de la part d'Antoine. Penses-tu que c'est vrai?

– C'est bon, la bague à la cerise bleue, hein? demande ma *BFF*, qui a l'air de ne pas vouloir répondre à ma question indiscrète.

Elle croit peut-être que Lancelot a menti? La BAGUE? Super bon!

– Léa, as-tu hâte que je commence mes leçons de conduite?

– Euuuh... ouais.

J'ai menti. Je m'en fiche un peu, de ses volants, en fait. J'aurai une conséquence?

– Moi aussiiiiiiiiiiiii, a-t-elle crié en **SAUTANT** sur mon *lit*.

– LES FILLES! Calmez-vous!!!

Mon père! On a éclaté de rire.

– T'es contente de ta fête?

– C'est la plus belle fête de ma vie, avoue Lily avec sérieux, pour une fois. Pour Antoine, c'était une bonne idée, Skype?

– Ouiiii!

Ouais. Même si Lancelot embrasse bien, **Antoine**, c'est **Antoine**.

– Je peux utiliser ta boule magique, Lily?

– À une condition. Fatigue-la pas.

Je la prends dans mes mains et me **CONCENTRE**. Ce que j'aime de la boule magique, c'est qu'on n'a pas besoin de sel. C'est moins **salissant**. Je lui demande si **ANTOINE** et moi, on va reprendre lorsqu'il sera de retour. Sa réponse?

– Qu'est-ce que la boule a dit? Qu'est-ce qu'elle a dit?

– «Voulez-vous répéter la question»... Pfff! Va falloir que je te l'emprunte une autre fois, Lily. Ta **BOULE** est épuisée...

Le banc
des consolés

Toute la classe est **AU COURANT** que Lancelot m'a embrassée, samedi soir, et on me pose toutes sortes de questions du genre :

1. Sortez-vous ensemble ? (Non, mais tu seras le premier informé ! **SURVEILLE** tes courriels.)

2. Que dira Antoine ? (Va voir sa photo de profil sur Facebook, il est déjà ailleurs !)

3. Tu trouves pas que vous feriez un **beau PETIT COUPLE** ? (Considérant ma taille et celle de Lancelot, ce serait plus juste de dire un beau grand couple.)

Quand Lancelot est arrivé, le silence s'est fait dans le **BOCAL**. Puis, les chuchotements ont repris. Je lui ai expliqué le sujet du jour et il a ri. C'est pas drôle !

Dans le bus. **Moucheronne** m'a demandé si je sortais avec Lancelot. Je lui ai suggéré de se mêler de ses affaires. Elle a répondu « t'es **bizz** ! » Pourrait pas changer de **DISQUE**, elle ? Pour me changer les idées, Philippe me parle du courrier de *madame*

Elle (tactique efficace) et des félicitations écrites (il a **insisté** là-dessus) de la directrice générale. Il dit être vraiment fier de notre travail et me demande si je suis prête pour le labo de S C I E N C E S de jeudi. Lily est très discrète au sujet de l'identité de *madame Elle*. Ça paraît tellement qu'elle a seize ans!

Le labo?! Vérité ou **conséquence**?

14 NOVEMBRE

C'est ma semaine. Stop. Rien à voir avec ma féminité. J'ai gagné à ROCHE-papier-ciseaux, donc, lecture des mémos.

— Groupe, il reste deux jours pour acheter vos billets pour la danse. Les *Verts*, on montre ce qu'on a dans le ventre! (Au figuré seulement!) *Green 4 ever*, ai-je conclu pendant que le prof de SCIENCES ouvrait la porte.

Direction: le labo.

Le prof a donné un nom **original** à notre labo: la solution mystère! Il veut que chaque équipe obtienne un résultat différent, pour éviter que tout le monde finisse avec une solution rose. Je vois pas le problème, le rose, c'est chou.

Ce labo est tellement *faf*! Voici les étapes. Notez-les. Ça pourrait vous être utile un jour:

1. Verser le contenu des deux éprouvettes que nous a confiées le prof dans une troisième éprouvette (idéalement) propre, sans perdre une précieuse goutte.

Qu'est-ce qui arriverait si on perdait une GOUTTE??? J'ai demandé à Phil, et il m'a répondu «Léaaa!», l'air exaspéré.

2. Observer que les deux échantillons changent de couleur comme par MAGIE pour donner une solution de couleur _____. (Ici, vous ecrivez le nom de la couleur obtenue.)

La nôtre était jaune citron. Ça fait pas sérieux, pour une solution chimique, jaune citron. Lancelot en a obtenu une bleue. Lily a été chanceuse, la sienne est vert POMME. Pas de rose à l'horizon. Un autre labo plate!

3. À la suite de cette expérience (qui nous vaudra à coup sûr d'être en LICE pour un Nobel de chimie), il faut rédiger un rapport de labo. Dans ce rapport, on racontera cette tranche de vie fabuleuse: les deux substances inconnues, le mélange, leur nouvelle couleur, le fait qu'il est essentiel de porter des lunettes pour protéger nos yeux d'une éventuelle explosion (peu probable, mais un accident est si vite arrivé) et un sarrau parce que ça fait plus sérieux... C'est pas mal tout.

Je sais pas si j'ai raison, mais j'ai l'impression d'avoir perdu mon temps. J'ai compris une chose: je ne serai jamais chimiste. C'est bien pour ça, les cours de sciences. Ça permet de savoir ce qu'on ne fera pas plus TARD dans la vie.

Résumé d'une effroyable **TRANCHE** de vie : Karo a brisé une de ses éprouvettes pendant que sa coéquipière lisait les instructions à haute voix. La cruelle laborantine facturera cinq dollars aux parents de Karo pour bris de matériel ! Elle est tellement heureuse d'avoir attrapé une étudiante sur le fait. Cet être humain n'a pas de cœur. Karo a levé la main pour que le prof vienne à son secours, parce qu'elle n'avait aucune chance de connaître un jour la couleur qui leur avait été attribuée alors que c'était le but de l'exercice.

Le prof a examiné les **DÉGÂTS** et, pour réconforter Karo, lui a dit qu'il avait aussi brisé des éprouvettes, au secondaire. Soulagement. Il a ajouté que son prof, à l'époque, avait refusé de remplacer l'éprouvette mystère et qu'il avait eu zéro dans son rapport. Karo a éclaté en **SANGLOTS** et toute la classe a hué le prof, qui a ri de sa blague archi-nulle. Il lui a donné une autre éprouvette et Karo s'est calmée. C'est elle qui l'a eue, la solution rose. Ça l'a consolée.

Heureusement que Karo est là pour mettre de la vie dans le cours. Autrement, ce serait plate. Ce n'est pas l'avis de mon coprésident, qui aime toujours autant la **DISCIPLINE**. La preuve ? Il m'a demandé quand on irait au café pour rédiger le rapport de labo. « Je l'ignore » n'était pas un des choix de réponses acceptés. Pas demain soir, en tout cas ! C'est la **DANSE** !

– Tu sais, Léa, Lily et moi, on s'entend vraiment bien, m'avoue Karo devant le célèbre bar à BONBONS, pendant que le système de son crie *I Kissed a Girl*. Toutes les deux, on aime les bonbons !

Je l'avoue. Autant de complicité, c'est précieux !

Le bar à bonbons est mieux garni qu'à l'habitude (Lily est d'accord là-dessus) car le thème de la danse, c'est Katy Perry. Les secondaire cinq ont mis le paquet. Quand on entre dans le gym, on a l'impression d'être un **FIGURANT** dans un de ses vidéoclips ! Il y a même une machine à barbe à papa près du bar à bonbons. Ça sent trop bon !

Karo est méconnaissable, ce soir. Elle est maquillée au max et elle porte des **RALLONGES**. Elle se dandine en fixant la porte.

– T'attends quelqu'un, Karo ? je lui demande pour jaser.

– Est-ce que Valois-Pépin vient à la danse, Léa ? T'es tellement amie avec lui, tu dois le savoir !

– ???

Bon, lundi, je sortais avec Lancelot. Là, je suis trop **amie** avec Phil. J'ignorais à quel point ma vie était palpitante ! En plus, je suis pas amie tant que ça avec **Phil**. Bon, peut-être, mais il me raconte pas sa vie en détail. C'est un **gars** !

– Tiens, ta monnaie, Léa, me dit le secondaire cinq qui a remplacé Tactac au bar à bonbons (parce que Tactac est rendu au cégep et qu'il ne fait qu'accompagner Sabine, ce soir). T'avais pas un chum, toi?

– ... (Antoineee...)

Des mots, j'en connais beaucoup, mais je sais pas lesquels choisir pour répondre à cette question ultra indiscrète. Alors, ma BOUCHE reste ouverte et j'ai l'air d'une DINDE.

– Toi, le vendeur de bonbons, ferme-la donc! lance Lily, qui a le goût de l'étrangler. Viens, Léa. Les gars sont arrivés. Sont beaux, tes ongles! Le plus beau rose de ta collection!

Lancelot porte un t-shirt à l'effigie d'une Pokéball qui veut nous sauter dessus. Il mange de la barbe à papa mauve et se lèche les DOIGTS avec gourmandise. Il nous fait signe de les rejoindre. Philippe est en grande conversation avec la prof d'art dram, qui joue plutôt mal un rôle de composition: SURVEILLANTE. Je pense qu'elle s'est déguisée, mais je suis pas certaine. C'est peut-être juste son linge chic. (Ouch!) Karo SAUTILLE autour d'eux. Elle essaie de se rendre intéressante.

Je pique un MORCEAU de barbe à papa à Lancelot. Ne jamais oublier: la barbe à papa rend heureux. Je devrais manger une tonne de barbe à papa pour oublier qu'ANTOINE ne viendra pas. Ouuh! *Hot N Cold*! C'est ma toune!!! On n'est pas là pour danser, nous? Je tire Lancelot par le CHANDAIL. Faut y aller! Y en a qui nous regardent en faisant un petit sourire. Pensez donc ce que vous voulez! Au vingt-et-unième siècle, une fille peut être amie avec un gars!

Je bouge un peu. Je ferme les yeux. J'essaie d'oublier ANTOINE. Depuis la fête de Lily, je pense trop à lui. J'ouvre les yeux. Lancelot danse comme Pikachu, puis il enchaîne avec son mouvement préféré: le bonhomme GONFLABLE sur le toit d'un édifice. Je m'explique. Vous savez, quand un magasin veut attirer la clientèle, il installe sur son toit un bonhomme géant gonflé qui fait la VAGUE avec ses bras, et ce, au gré du vent? Lancelot est capoté. Lily et Guillaume l'imitent et, franchement, ils sont très mauvais. Je vous ai pas dit. Notre petit couple modèle s'est surpassé, «vestimentairement» parlant. Lily porte un t-shirt blanc, DÉCORÉ par les lettres L♥ en noir. Guillaume? Le même chandail, avec les lettres V&. Quand ils se collent (ce qu'ils font tout le temps), ça donne L♥V&!!! Dé-cou-ra-geant!

Le vendeur de bonbons s'est joint à nous sur la piste de danse. **Ouate de phoque!** Y a pas de fille de secondaire cinq disponible? **Phil** danse un peu plus loin avec Karo et une autre fille. Il regarde souvent dans ma direction. Il doit se demander ce que le remplaçant de TACTAC fait avec nous. Il a raison, tellement pas *rap'*!

Je suis aux TOILETTES avec Lily, qui porte toujours son horrible t-shirt. On est seules. Je m'assure que mes FAUX CILS sont bien en place. Lily est assise sur le comptoir et elle mange des Gummy Bears (les rouges sentent super bon).

– As-tu remarqué que Phil te regardait tout le temps? me demande-t-elle.

– Pas seulement moi, Lily. Il nous regardait, NOUS. La gang. Trop de Gummy Bears, ça donne des hallucinations.

– Pas d'accord. Ça rend extralucide! Ouvre-toi les yeux, Léa. Il capote sur toi, ce gars-là.

– ...

Phil ne capote pas sur moi. La porte s'ouvre. Une étudiante policière? Ses YEUX perçants font le tour de la pièce à la recherche d'un dangereux criminel qui veut sans doute faire exploser l'école le soir de la danse.

– Tout va bien, les filles?

Phil ne capote pas sur moi.

– Ouaip! On sort, inquiétez-vous pas, madame, précise Lily.

Ouate de phoque! PHILIPPE NE CAPOTE VRAIMENT PAS SUR MOI. Je suis madame Elle. S'il capotait sur moi, je pense que je le saurais!

249

La chanson *Firework*!!!!!!!!!!! Je veux danser! Phil a l'air de s'ennuyer, planté à côté de la porte du gym. Je l'**ATTRAPE** par le bras.

– Tu danses pas, mon rédacteur en chef préféré? T'as pas d'allure, là! Viens avec nous.

Il me suit sans discuter (méga étonnant). On rejoint 𝓛𝓞 et 𝓥𝓔, Lancelot, Sabine et le magnifique TACTAC. On danse. Il danse pas mal, Phil. Je le regarde comme il faut. IL N'EST PAS AMOUREUX DE MOI. Lily a tort.

Quand Katy Perry chante «*Baby, you're a fiiiiiiiii-rework*», on **SAUTE** en levant les mains dans les airs. Ça fait tellement de bien. Ça défoule. Je souris à Lancelot et à Phil, qui *secoue* ses longs bras dans les airs comme une pieuvre. Le bonhomme gonflable sera, à partir de maintenant, un *move* classique. Phil rougit. Lancelot me fait une **grimace**.

Avec Karo, qui est tellement méconnaissable, on est au bar à bonbons. Je mange des 𝔾𝕦𝕞𝕞𝕪 𝔹𝕖𝕒𝕣𝕤, moi aussi. Karo a choisi une réglisse rouge qui lui sert de **paille** pour boire son eau. Des fois, elle est vraiment cool.

– Valois-Pépin est trop bizz, ce soir. Tu trouves pas, Léa?

– Non. Pourquoi tu dis ça? je demande à la reine des bizz.

– Ben, il est dans la lune. Il a l'air distant, différent…, me répond-elle avec tellement de clairvoyance que j'ai failli m'étouffer avec un jujube.

– Je peux avoir une gorgée d'eau?

Karo me tend sa bouteille et sa paille. C'est cool, **BOIRE** de l'eau avec une réglisse.

Je **DANSE** avec Pikachu. On rit trop. La chanson est terminée, il me tape dans le dos en criant «Pi-kaaa»! J'entends les premières notes de *The One That Got Away*. Nooon, pas cette chanson-là!!! Si mon AMOUREUX était là, je me collerais sur lui, mais… il n'est plus mon amoureux et il est au bout du monde et ça me chagrine. Je vais prendre l'air.

Assise sur le banc, je regarde la **LUNE**. C'est la première fois que je suis seule, ici. On a consolé Sabine, à cet endroit. On a consolé **Phil**, aussi. C'est le **BANC** des consolés, on dirait.

– Léa, tout va bien? me demande Phil, qui m'a rejointe.

– Moyen.

– C'est Antoine?

– Bof!

– Pleures-tu? panique-t-il.

Je fais signe que non en **reniflant**. On passe un long moment ensemble, épaule contre épaule, à regarder la lune et les **CONSTELLATIONS**.

– Sais-tu que la constellation en forme de W, c'est Cassiopée? je lance en riant, parce que c'est lui qui me l'a appris, l'an dernier, le soir de la danse.

Il fait signe que **OUI**. Il presse son épaule encore plus fort contre la mienne.

– Sais-tu comment j'appelle ce banc?

Il fait signe que **non**.

– Le banc des consolés. Ça fait que… merci!

Il hausse les épaules sans rien dire, mais il me sourit.

– Gang! Ils sont là! crie **LO**. On vous cherchait partout! Qu'est-ce que vous faites???

– …

– …

– D'après moi, ils comptent les étoiles, répond **VÉ** avec sérieux.

La **DANSE** est presque finie. Quand on est rentrés dans le gym, Katy Perry chantait *If We Ever Meet Again*. Personne n'avait envie de retourner danser. Je me sens bizarre. C'était une soirée **bizarre**. Et pas à cause de Karo, cette fois…

C'est le père de Phil qui nous ramène à la maison, 𝓛♥ et moi. On l'attend dans le stationnement. 𝓛♥ et 𝒱𝓔 s'embrassent. Cui. Cui. Cui. C'est comme un peu trop. Phil et moi, on ne parle pas, mais ça me gêne pas, ce silence.

Quand le père de Phil est arrivé, on a averti 𝓛♥ qui souhaitait bonne nuit à 𝒱𝓔. Pendant le trajet de retour, elle a babillé en nous refilant des Gummy Bears. Elle en a même offert à notre chauffeur, qui les a engloutis en souriant. Phil n'en croyait pas ses yeux. 𝓛♥ nous a appris la nouvelle de la soirée : Karo sort avec le vendeur de bonbons. Personne n'a plus dit un mot après ce scoop.

16 NOVEMBRE

Nous sommes quatre filles dans une auto décapotable rose. C'est Lily qui conduit. Je ne me souviens pas qu'elle ait obtenu son permis récemment, mais c'est pas important parce qu'elle conduit drôlement bien. On se rend à l'entrepôt gris situé au coin du boulevard. C'est là qu'on nous confiera notre mission.

Étrange, cette mission. Nous devons retrouver Katy Perry coûte que coûte. On repart, un peu découragées. En chemin, on remarque une fille assise sur une chaise de parterre en plastique sale. Elle lit un magazine de filles. Elle a les cheveux mauves! Même qu'elle pourrait être Katy Perry. On sent que c'est elle, alors on fait demi-tour. C'était vraiment Katy.

On a jasé longtemps. Elle est vraiment foule gentille. Et elle nous a donné des idées pour maquiller nos ongles et choisir les bons faux cils pour la bonne occasion. J'espère que je me souviendrai de tout ce qu'elle nous a confié.

Comme par magie, je suis chez moi et il fait nuit. Un gars, certainement un maniaque, m'espionne par la fenêtre de la cuisine. J'ai trop peur. Aaaaaah!

Zut. Il est 5 h 16. Je déteste faire un CAU-CHEMAR. Ça signifie quoi, ce rêve? Certainement qu'on a dansé sur la de Katy Perry, hier soir. Mais le maniaque? C'est quoi son rôle dans l'histoire? Je me recouche, mais je revois toujours son VISAGE à la fenêtre et ça me fait peur. Bon, je me lève.

Mon père me rejoint dans la . Il est 5 h 34. Il me demande ce que je fais là. Je pourrais lui demander la même chose, mais je laisse faire.

– Ben, je bois de l'eau, je marmonne.

– Te sens-tu bien?

– Pas vraiment. (Il capote!) J'ai fait un cauchemar, je me suis réveillée en sursaut et je voulais plus dormir de peur que le cauchemar recommence.

– Es-tu certaine?

– De quoi? Que c'était un cauchemar? Oui! Pourquoi tu capotes comme ça?

– Les ados ne se lèvent pas à 5 h le lendemain d'un party. (Je sais, c'est **enrageant**!) En fait, ils ne se lèvent JAMAIS à 5 h du matin. Ils dorment jusqu'à midi. Tu m'inquiètes, Léa.

– Papa, t'as lu ça où?

– …

– Dans un de tes livres, je suppose? Je le savais. Tu penses sérieusement qu'un livre écrit par un *nowhere* peut expliquer pourquoi je me suis réveillée aussi tôt?

Il n'est pas encore 6 h du **MATIN** et je suis épuisée!

J'ai parlé de mon rêve à Lily au téléphone. (Elle est matinale, ma *BFF*. Je suis **contagieuse**.) On a cherché sa signification parce que les rêves, c'est important. Le *nowhere* de mon père ne lui a pas dit ça? **TSSS!**

Selon Lily: Signification vraiment **NÉGA-TIVE**. J'ai trop pas de vie, selon elle. C'est pour ça que je regarde par la fenêtre en pleine **NUIT**.

même s'il fait **NOIR** et qu'il n'y a rien à voir. C'est le signe que je m'ennuie.

Selon moi : l'inconnu **maniaque** m'indique de surveiller attentivement un gars dans ma vie. Un gars qui s'intéresse à moi. Et la fenêtre, dans l'histoire ? C'est une nouvelle façon de voir. Je dois voir ce que je voyais pas avant. Avant quoi ? Avant la danse ! Donc, si je résume le message, je devrais regarder **diffé-remment** un gars de mon entourage.

Lily m'a écoutée et n'a rien rajouté avant de raccrocher. Qu'est-ce que j'ai dit ?

Madame Elle a un courriel ! Et il est seulement 8 h 25 !? J'aurais dû m'en douter : après une danse, les gens se posent toujours tout plein de questions. Moi la première. Surtout depuis mon **CAUCHEMAR**.

À : madameelle@gmail.com
De : moi256@gmail.com
Objet : Ton avis

Madame Elle,

Toi seule peux m'aider. (T'exagères !) Comment savoir si la fille avec qui j'ai dansé sept fois (tu les a comptées ? Je sais pas pour elle, mais toi, tu **CAPOTES** dessus.) le soir de la danse me trouve de son goût.

Moi

Je le sais tellement pas. Des fois, on pense (ou les autres pensent) que quelqu'un capote sur nous alors que c'est seulement un super ami. D'autres fois, quelqu'un est en 𝒶𝓂𝑜𝓊𝓇 fou avec nous et nous, on ne voit rien. Moi, par exemple, je vois pas mal plus CLAIR dans les affaires des autres que dans les miennes. Mais Moi ne veut certainement pas que je lui raconte ma VIE.

– Léaaa, veux-tu des gau-freees?

– J'arriveee!

Mamounette est REVENUE !!!

17 NOVEMBRE

– Léa, range le sous-sol! Y a des cassettes partout! (On dit des DVD, maintenant, papa...)

– J'ai pas le temps! J'ai un papier (je fais de l'**ATTITUDE**) à écrire pour *La GaZzzette*.

– Léaaa, réplique le Cake monster de la maison.

– Jean-Luc, si elle a un papier (ma mère l'a dit comme moi! *Yes!*) à pondre (**ouate de phoque!** Elle exagère un peu...), laisse-la faire. Ça n'est pas dramatique, trois ou quatre cassettes (On. Dit. DVDDD!) éparpillées çà et là.

– Merci, Mamounette!

Cher Moi,

J'étais à la danse, moi aussi, mais je ne t'ai pas vu. C'est plate parce que ce serait plus facile de te répondre si j'avais été témoin de votre rencontre, car je suis une fille et que ces choses-là, ça se sent entre nous. (Je B,L,U,F,F,E tellement !)

Si tu n'as pas lu un message de ta bien-aimée sur *Spotted*, ne t'inquiète pas. Le modérateur ne modère peut-être pas pendant les fins de semaine. (Ou il dort !) Laisse-moi plutôt te proposer un questionnaire qui pourrait t'aider à y voir vraiment clair.

Parmi les situations décrites ci-dessous, indique celle(s) que tu as pu observer :

* Tu as trouvé un papier dans ta case. (C'était *in* l'an dernier...) Tu as pu y lire : « Coucou ! » Elle ne l'a pas signé. Si elle l'a fait, ta quête s'arrête ici !

* Elle passe devant ta table à la café deux ou trois fois par midi. À tel point que la surveillante lui a dit : « Ce n'est pas le terminus d'autobus, ici, mademoiselle. Si tu as rapporté ton cabaret, dirige-toi vers l'agora. »

* Depuis lundi, elle déambule autour de ta case le matin. Étrange, parce que la sienne est située dans une autre aile de l'école.

* Chaque pause, elle et sa *BFF* (tu l'as certainement rencontrée à la danse. Les filles, on est comme ça. On ne va jamais à la danse (ni aux toilettes) sans notre *BFF*, sous peine de se dissoudre) se trouvent sur ton chemin. Elles se confient des trucs foule secrets en ricanant. (Cet indice devrait vraiment te sonner une cloche. Même qu'il compte double, comme au Scrabble !)

    * Quand tu sors des toilettes, elle passe dans le corridor (*BFF* en option). Tout un hasard, tu trouves pas ?

Tu as lu ces situations et tu t'es dit **je le sais pas** sans rien cocher ? Ça peut signifier que tu n'es pas très observateur. Retourne à la case départ et concentre-toi !

Tu as coché **une seule case**. C'est peut-être le hasard, alors. (Ce commentaire ne vaut pas pour la case qui compte double.) Continue à ouvrir l'œil.

Tu as coché **plus d'une case**. Je crois bien que tu l'intéresses.

Tu as coché **toutes les cases**. Je vois deux possibilités : tu as triché ou encore cette fille est désespérée. C'est toi qui vois.

Il y a une solution plus efficace : avoue-lui carrément que tu la trouves de ton goût. Au pire, elle t'éclatera de rire au nez. Au mieux ? Tu la présenteras à ta parenté à Noël. Ils ne pourront pas te demander la question classique « pis, as-tu une p'tite blonde, là ? » Avoue. Ça vaut la peine de t'humilier pendant vingt secondes si tu risques de KC toute ta parenté d'un coup.

Je suis derrière toi (c'est mieux comme ça, car devant, je te cacherais !).

Madame Elle

♥

J'ai ramassé mes **DVD** avec l'aide de Lily. Elle m'a parlé de la **DANSE**, de Karo et du vendeur de bonbons, de Lancelot et de moi et de Phil. Comme j'y étais aussi, j'écoutais d'une seule oreille. La droite, je crois bien. Ensuite, je lui ai parlé de monsieur Moi. Elle me dit que c'est peut-être **PVP**. Qu'on a certainement dansé sept danses  et qu'il **capote** *foule* sur moi.

– Il. Ne. Capote. Pas. *Foule*. Sur. Moi ! C'est mon a-m-i. Peut-être mon deuxième meilleur ami gars. Il est là quand j'ai besoin de lui. Même quand j'ai pas vraiment besoin, mais c'est pas ça l'idée. Je pense qu'on ne devrait plus l'appeler PVP. Ça fait tellement secondaire **DEUX**, tu trouves pas ?

– Ma chou, prends des framboises. Ça évite de dire des niaiseries. Tes posters de 1D, tu fais quoi avec ?

260

dit Lily en montrant les murs de mon sous-sol miteux mais **CHALEUREUX**.

– Je te les donne?

– Bonne réponse!

Mon père sera content. Je fais même le ménage des **MURS**! On roule les posters en silence.

– Faut que j'y aille, Léa. Pense à ça, pour monsieur Moi...

Phil. N'est. **Pas.** Monsieur. Moi!

18 NOVEMBRE

Il **PLEUT**. Il fait **FROID**. Je déteste le mois de novembre. C'est l'heure du dîner. Ça passe le temps...

– La Miss, tes ongles sont de quelle couleur, cette semaine? me demande Lancelot en fouillant dans sa boîte à lunch.

Ils sont rouge vif. Les au-ri-cu-lai-res sont dorés. C'est **CHIC**! Je les lui ai passés sous les yeux.

– Tes ongles, c'est ta vie. C'est pas normal, Léa, pas normal..., soupire-t-il.

– Erreur! C'est normal, Lancelot. Au cas où tu n'aurais pas remarqué, je suis une fil-le! Les vraies filles vénèrent leurs ongles!

Il me fait une **GRIMACE**, puis il sort une banane de sa boîte à lunch. Alors que tout le **monde** jase de la danse, Lancelot, lui, est étrange. Il ne pèle pas sa banane. Il la dévisage. Tout le monde arrête de parler pour le regarder. Il ne bronche pas.

– Qu'est-ce que tu fais? Une banane, c'est pas fait pour être regardée, mais pour être mangée! lui rappelle Lily, qui sait à quoi servent les bananes même si elle n'en mange pas elle-même.

– Ah-ha! Je vous ai eus! s'exclame Lancelot. Savez-vous que nous partageons cinquante pour cent de notre **ADN** avec celui de cette magnifique banane? Je cherche à me reconnaître en elle. Pas facile!

– Tu nous niaises, là? demande Philippe, incrédule.

– *Google it* si tu me crois pas, mon Phil! Vous ferez ça devant vos parents. Observez leur réaction. Ils vont ca-po-ter!

Je **FOUILLE** dans ma case. Où est mon stylo tout *choupinet*? Il me porte **BONHEUR** pendant les dictées.

– Léa, j'ai lu ta réponse à Moi, vient m'annoncer le rédacteur en chef.

– C'est bon, hein?

Je l'observe attentivement. Si Lily a raison, ça va paraître. Il est pas très **POKER** *face*. Il est plutôt *principal face*[35].

– Ta liste, c'est génial. Mais faites-vous vraiment ça, les filles ? me demande-t-il en **ROUGISSANT**.

– Ouaip ! On fait dur, hein ?

– Le rapport de labo, on le rédige quand ? Mardi ou mercredi après l'école ?

– Mercredi ! Pourquoi tu réponds pas à mes questions ? Je réponds aux tiennes, moi.

– ...

KC!

20 NOVEMBRE

Au café, on fait enfin (selon **Phil**, là... Moi je n'étais pas si impatiente que ça) notre rapport de labo. Pour relaxer, j'ai commandé un **CAPPUCCINO** déca. J'ai posé mes mains froides autour de la tasse rouge décorée de **flocons** de neige blancs. La tasse est chaude et ça me réconforte. L'épaule gauche

---

35. Souvenez-vous de votre cours d'anglais de cinquième année, quand vous appreniez le vocabulaire de l'école. Le *principal*, c'est le directeur. Nous, on a une directrice. Je pense qu'on dit *principal* quand même...

collée sur le mur fait de vieilles **BRIQUES**, je regarde dehors. Je ne pense à rien. Phil a commandé un jus de fruits. Il a pas froid, lui? On est assis à ma place préférée. Dans le coin, face à la fenêtre. Il neige, c'est *foule* **romantique**. Je pense ça comme ça, à cause de la neige, de la super belle tasse et de l'ambiance. Pas à cause de **Philippe**.

Mon coprésident a sa chère tablette et il note tout ce que je lui dicte. On travaille vite, puis on jase. Il m'a demandé si je trouvais ça **DIFFICILE**, l'absence d'**ANTOINE**. J'ai eu envie de lui demander ce qu'il en pensait, mais j'ai trouvé une réponse moins bête à lui dire.

– De moins en moins. Toi, après Karo, t'as trouvé ça dur?

– Même pas, a-t-il dit avant de vider son verre de jus.

– Elle t'a pas oublié, tu sais?

Sauf qu'elle a **SORTI** pendant trois jours avec le vendeur de bonbons. Détail!

21 NOVEMBRE

Semaine de Philippe. Merci à l'inventeur de roche-papier-ciseaux et aux **PROBABILITÉS**, qui sont clairement du côté de mon coprésident!

— Ce midi, entraînement de volley-ball dans le petit gymnase. La Guignolée se tiendra le 7 décembre. On a besoin de bénévoles pour ramasser des denrées de porte à porte. Pour classer ces victuailles (**Ouate de phoque !** Madame Carouby utilise la fonction « synonymes » de son TRAITEMENT de texte avec trop de zèle !) ou pour amasser de l'argent. Si vous avez du temps, donnez votre nom à madame Carouby. À ce sujet, la direction vous rappelle qu'en secondaire quatre, vous devez faire vingt heures de bénévolat... (Phil se fait huer !)

Ouate de phoque à la puissance mille !

Le bénévolat !! Note à moi-même : Heures accumulées à ce jour : ZÉRO. Projet de bénévolat envisagé : AUCUN. Demande de reconnaissance des nombreuses heures consacrées à *La GaZzzette* : Re-fu-sée ! Conclusion : je vais ramasser des boîtes de SOUPE pour la Guignolée, un samedi matin certainement trop froid, et j'en ferai une magnifique PYRAMIDE dans un entrepôt mal chauffé en après-midi. À moins que je trouve une façon moins réfrigérante de contribuer à cette activité.

Je demande à Lily si elle fait quelque chose le 7 décembre. Réponse : Ses fabuleuses leçons de CONDUITE qui, malheureusement, ne constituent pas une activité de bénévolat admissible d'après notre responsable qui ne comprend rien à la vie d'aujourd'hui ! Lily lui a expliqué qu'elle devra conduire sa sœur partout et que C'EST du bénévolat, mais le responsable rit encore de cette explication...

Émilie se joindra à moi pour la cueillette de denrées ET pour le **CLASSEMENT**. Je texte à  pour savoir si monsieur H peut nous conduire de porte à porte. J'attends sa réponse. Il est cool, monsieur H. Ça sera moins plate avec lui.

Je suis dans la cuisine. Une **ENVELOPPE** affichant fièrement le logo de notre belle école internationale traîne sur la table de cuisine en stratifié rouge et blanc. Ça sent le bulletin... Cette beuglante venue tout droit de Poudlard annoncera à mes parents que leur héritière chérie ne sera jamais physicienne **nucléaire**. Ou Nobel de chimie. Même platitude! Ce n'est pas le *scoop* du siècle! Je sais depuis longtemps que les sciences, c'est pas mon truc. Si on regarde le verre à moitié plein (expression employée par les adultes trop hop-la-vie), c'est même une excellente nouvelle: la planète n'est plus en **DANGER** et moi, je ne mourrai pas d'ennui. Une chance que mon père est à Vancouver aujourd'hui. Il déteste les **SURPRISES** et celle-là risque de lui déplaire...

23 NOVEMBRE

Comme le pilote a suivi son plan de **VOL** à la lettre, mon père est revenu de Vancouver sans une petite seconde de retard. La beuglante a rempli sa mission et il a capoté. Selon sa vision de la vie, les sciences FORGENT l'esprit. Donc, si je comprends son raisonnement taré, j'aurai l'esprit comme un plat de *linguines* trop cuits toute ma vie parce que je suis *poche* en sciences? Pour lui, il n'y a rien de mieux que la résolution d'un bon gros problème de math (**ouate de phoque!**) pour se remettre les idées en place. Quel hasard! J'en ai justement un que je n'arrive pas à résoudre. Il pourrait s'y attaquer tout de suite! En prime, ses idées se classeraient toutes seules. Je ferais d'une pierre deux coups (novembre est-il le mois des expressions *poches*? Courage, Léa. Le MOIS achève).

Ma mère s'en est mêlée. Heureusement, elle pense pas du tout comme lui. Elle lui a souligné que la fréquentation (euh???) des grands auteurs français (ici, le mot GRANDS signifie «vraiment vieux», genre morts avant l'invention du téléphone) avait le même effet sur la pensée que sa chère science et que je suis super bonne en français et donc, elle n'est pas inquiète car mes idées ne sont certainement pas si en DÉSORDRE que ça. C'est un bon résumé de son opinion.

– Papa, je veux pas te faire la leçon[36], mais il me semble que dans les bons livres de psycho, on suggère aux parents de féliciter leur ado quand il obtient une bonne note...

---

36. Pourquoi je dis ça? En réalité, c'est exactement ce que je m'apprête à faire.

– Ta note en sciences est loin d'être bonne, Léa !

– Regarde les autres ! Elles sont super bonnes. Et je suis dans la moyenne, en **SCIENCES** !

– Elle a raison, Jean-Luc. Désolée de te contredire aussi.

– ...

KC!!!

Lily m'a fait le signe secret lumineux qui exige que je me **RENDE** chez elle immédiatement. J'y suis. Ginette m'a saluée (il va neiger demain !) et **Moucheronne** m'a ignorée après avoir chuchoté «trop **bizz**» quand je suis passée devant elle et un membre de son **ESSAIM**.

– C'est tellement cool, les leçons de conduite, Léa ! lance ma *BFF* en guise d'introduction.

– Qu'est-ce que t'as appris ? Qu'est-ce que t'as appris ?

– Pas tant de choses que ça. On a passé au moins une heure à se demander si on a vraiment besoin d'une 🚗🚗🚗🚗.

– Si t'assistes à ce cours-là, c'est que t'en as un peu besoin, non ?

– Ouin... C'est surtout à ma mère que l'obtention de mon permis sera utile...

– ???

– Elle paye mes cours à une condition : que je devienne le chauffeur désigné de ma sœur ! Elle n'en peut plus de promener l'essaim partout.

Ouate de phoque ! Un **cadeau** d'anniversaire conditionnel, c'est pas un cadeau ! C'est comme la pomme empoisonnée de Blanche-Neige !!

Lily m'a raconté en détail son cours et les gens qui textent et qui arrivent en retard et les blagues nulles du prof et le gars qui s'est ENDORMI et comment tout le monde a tellement ri quand le prof a crié « au feu ! » à son oreille pour le réveiller et que finalement, seize ans, c'est tellement mieux que quinze.

27 NOVEMBRE

Cours d'art dram. Nous devons enrichir notre plan, si on décode bien les **GRIBOUILLIS** que notre prof a laissés à la fin de notre texte. Nous avons décidé d'ajouter une scène où la mère fictive de Lily va capoter quand elle recevra le bulletin de sa fille. (Toute ressemblance avec des personnes **VIVANTES** serait du pur délire.) Elle lui dira des trucs du genre : « Fais donc comme ta petite sœur. Elle a de bons résultats, ELLE ! » Pure imagination car, dans la vraie vie, la **PETITE** sœur qui fait ses devoirs à moitié a eu les résultats qui vont avec.

Phil insiste pour décrire un barème des punitions établies en fonction des notes. (Qui fait ça?) En sciences, 85 %, c'est *poche*, selon lui, (**Ouate de phoque** au super cube! Voyons, 85 %, c'est max *bollé*!), et ça mérite un cell confisqué pendant un mois. Toujours d'après lui, 90 %, c'est un peu mieux. Le cell est confisqué pendant deux couuurtes semaines et on peut s'estimer **chanceux**. Enfin, 95 %, ça pourrait être mieux, mais on garde notre cell.

Il y a des adultes qui font vraiment ça? Moi, mon père se contente de vanter le pouvoir magique des math sur le rangement (idée fixe chez lui) de nos idées **CONFUSES**. Il me confisquerait jamais mon cell pour des raisons pareilles. Heureusement! S'il appliquait le barème de Phil, je ne récupérerais pas mon cell avant mon bal de fin d'études.

Lily m'adresse des **SIGNES** secrets. Elle aussi, elle se demande si ce n'est pas un fait vécu...

À la pause, j'ai entrepris des **FOUILLES** archéologiques dans ma case pour trouver des... choses essentielles dans la vie d'une fille. Une fois par mois, genre. Si j'avais un lustre qui éclairait le fond de ma case, ça irait plus vite. Bon, voilà le truc que je cherchais. Je le glisse dans ma poche secrète. OK, direction les toilettes. C'est un peu urgent. Je me **RETOURNE** en vitesse et je fonce sur Phil. Il m'espionnait? Je suis rouge comme une écrevisse. Lui aussi, remarquez!

– Léa, tu fais quelque chose vendredi soir? me demande-t-il.

Son teint FONCE encore et s'approche du cramoisi.

– À part vernir mes ongles, non.

Habitué à mes déclarations sidérantes, il ne relève pas la futilité de mon PASSE-TEMPS.

– *Hunger Games 2* passe au cinéma, tu viens? poursuit-il en fouillant aussi dans sa case, qui est en ordre (est-ce si surprenant?).

Hmmm. Ça fait longtemps que je suis pas allée au cinéma en gang. L'odeur du maïs soufflé me manque.

– Ouaip! J'y serai! Excuse-moi, je dois aller... Il faut vraiment que... Salut! je bafouille en me précipitant aux toilettes.

Je me LAVE les mains. Lily sort de sa cabine.

– Léa, tu sais pas quoi? Guillaume m'a prêté son t-shirt préféré.

– Celui du *show* de Peter Gabriel?

– Exact! Je le porte pour dormir. Pour aller à mes cours de conduite (on sait) aussi.

– Toi, tu lui en as prêté un? Ton L♥, je suppose!

– Non, celui de 1D! dit-elle en me faisant une grimace.

La porte s'ouvre sur notre chère Geoffrion et la cloche hurle au même moment. Je saurai pas ce que Guillaume pense de l'échange. Pas le temps non plus de demander à Lily si elle sera elle aussi au , vendredi. En tout cas, je sais ce qu'elle va porter si elle vient.

❤ ❤ ❤

J'ai fait un détour à la vie étudiante. Je suis en RETARD, alors, deux minutes de plus ou de moins, ça changera rien. J'ai ouvert la boîte aux lettres de *madame Elle*. Une lettre. Je comprends toujours pas pourquoi des gens posent leurs questions sur du papier. Madame Carouby tape sur sa montre avec son index. Quoi? Elle a reçu une montre en cadeau?

Je prends tout de même le temps de lui donner mon nom et celui d'Émilie pour la Guignolée. Quoi? Complet!? Et elle me fait de l'attitude en m'apprenant ça. Mon bénévolat!!! Respiiire, Léa! Tu trouveras autre chose. Dirige-toi vers ton BOCAL.

Je tourne le coin, Brisebois est là. Elle me fait signe. Je sais. Je suis en retard. Si elle m'accoste, ça va pas arranger les choses. À moins qu'elle ait le pouvoir de remonter le TEMPS...

— Léa, tu es en retard, annonce-t-elle comme si c'était le *scoop* du siècle.

Sérieux? C'est pour ça que les corridors sont vides? OUF! Je croyais qu'il y avait eu une explosion nucléaire! Je suis tellement rassurée.

– Je sais, madame.

– T'as pas entendu la cloche?

Quelle remarque nulle. Je l'ai entendue, la **CLOCHE**. Sinon, je serais déjà en train de lire la lettre à *madame Elle*!

– Je l'ai entendue. (Air compréhensif et un peu coupable à la fois. Remerciements à la prof d'art **DRAM**, qui nous enseigne des choses très utiles.) J'ai cru que j'avais le temps de faire un détour à la vie étudiante. Madame Elle avait du courrier, dis-je en montrant ma pièce à conviction.

Brisebois hésite entre le règlement, le bon sens et un billet blanc. Trop dure, la vie de **SUR-VEILLANTE** en chef.

– Madame, je peux y aller?

– Ouste! déclare-t-elle en souriant.

– Ouf!

Cours d'anglais. Présentation orale sur le personnage principal d'un livre de notre choix. Le mien est fait depuis la semaine dernière. J'ai présenté **MIRI** dans *Parties & Potions*. J'ai eu 98 % et, là, je dois faire semblant d'écouter les autres. Je peux écouter en lisant discrètement le **COURRIER** du cœur que j'ai reçu? Ça vaut le coup d'essayer sans se faire voir!

madame Fille,

J'ai une *BFF*. on s'entend bien, c'est pas le problème. mais depuis le début de l'année, je la trouve collante. Elle veut savoir ce que je fais, avec qui, quand. Elle me suit partout. Elle s'arrange pour qu'on s'habille pareil. Elle a collé les mêmes posters que moi dans sa chambre. TU COMPRENDS, HEIN ?

Je l'aime (comme amie), mais je trouve que c'est trop. comment lui dire qu'elle est collante et que j'ai besoin d'air sans l'exclure de mes amis facebook ?

À l'aide !

Je me sens inspirée... Une  de papier, vite !

Chère Fille qui a besoin d'air,

Tu peux l'exclure de ta page Facebook. Point positif : le message est clair. Point négatif : c'est ton amie, pas une dangereuse maniaque comme dans le film

La Coloc[37], sinon, tu l'aurais souligné dans ta lettre. Alors, si tu tiens à son amitié, c'est une solution de dernier recours seulement.

Tu as vu *Love Actually*[38] ? Dans ce film, un gars trippe sur une fille. Il va chez elle et, debout devant sa porte, en silence, il fait défiler des affiches sur lesquelles il a écrit son message. (Les gars, ça pourrait vous inspirer !)

Seul hic ! Comme le message risque de déplaire à ta *BFF*, elle pourrait fermer les yeux en chantant à tue-tête *C'est l'histoire du petit castor* et tu auras gaspillé du carton et de l'encre pour rien.

Autre solution ? Dis-lui que tu l'aimes (comme amie), mais que tu as besoin d'air. Si c'est ta *BFF*, elle va comprendre. Si elle ne comprend pas, vos vies prendront chacune un chemin différent.

Avant de mettre ton plan à exécution, bois un verre d'eau. C'est bon pour la santé !

Madame Elle

---

37. Dans ce film, une étudiante universitaire a une coloc vraiment étrange. En fait, elle n'est pas juste bizarre, c'est une tueuse complètement cinglée !
38. Film fétiche de ma mère, qui l'écoute chaque *Thanksgiving*. Elle l'a regardé le week-end dernier, alors je n'ai que ce film en tête, aujourd'hui.

Cappuccinos
et flocons
de neige

Nous faisons la **file** au cinéma. Je ne sais pas où étaient mes **neurones** cinglés, mais j'avais cru que nous serions plusieurs de notre gang pour la représentation. Vérification faite (pour la treizième fois), il n'y a que Philippe, moi et des inconnus dans la file d'**ATTENTE**. Comment ai-je pu divaguer à ce point ? Conséquence de ma **pochitude** en sciences ?

J'espère qu'on aura d'autres sujets de conversation que l'école. Ou que *La GaZzzette*.

— On a de bonnes places, je souligne lorsqu'on s'assoit enfin.

Mauvais début. Très mauvais, même. C'est ton ami, Léa. Tu le connais. Trouve autre chose !

— Tu as lu les *Hunger Games*, Léa ?

Bonne question ! Est-ce que je dis oui pour pas avoir l'air *poche* ou je dis non parce que c'est la vérité ?

— Euh... non. Mais je les ai ! Quelque part dans ma chambre. Ou dans mon sous-sol. Tu me trouves nulle, hein ?

Il se tourne vers moi et me dévisage. Ses **YEUX** sont perçants. Je me sens pas bien, là. J'aime mieux sa face de directeur des **ANNÉES 1950**.

— Pourquoi je te trouverais nulle ? Je les ai pas lus non plus et je les ai même pas ! Je disais ça comme ça! (Lui aussi?) Si on n'a pas lu les livres, on sera pas déçus. C'est une bonne nouvelle, conclut-il en prenant une poignée de maïs soufflé dans l'énorme **BARIL** qu'on partage.

TICTAC. TIC. TAC. Si les pubs *poches* peuvent finir...

– Je te les prête, si tu veux. Faudrait que je les retrouve, remarque, ai-je dit, un peu pour moi-même.

– ...

– Phil, faut que je t'avoue quelque chose. À propos de madame Elle...

– Laisse-moi deviner... Lily est au courant!

Je suis **ROUGE** comme une cerise.

– Tu as tenu ta langue plus longtemps que je pensais, Léa, ajoute-t-il en riant.

Je sais pas si je peux dire **OUF!**

– C'est une bonne idée, les petites lumières dans l'allée. Quand il fait noir, je veux dire...

Phil a éclaté de rire. Heureusement, le **FILM** commence. Ça va m'éviter de dire encore d'autres **NIAISERIES**.

Phil écoute les films de la même manière que moi. Il fait des petits commentaires humoristiques au sujet de l'**INTRIGUE**, des prises de vue, du décor, des dialogues. Il peut être très drôle quand il oublie son côté **nerd**. Quand je raconterai ça à Lily, elle ne me croira pas.

Comme le cinéma est rempli de jeunes de notre âge, personne ne nous demande de nous taire. Les seuls qui se font huer sont ceux qui n'ont pas éteint leur cell.

Dans l'autobus presque vide, Phil et moi on parle du , qu'on a beaucoup aimé. Au moment de descendre à notre arrêt, le chauffeur nous lance : « Salut, les amoureux ! » On rougit tous les deux avant d'éclater de rire dehors.

Il **NEIGE** et je mets Philippe au défi d'attraper un flocon de neige sur sa langue le premier. Finalement, j'ai gagné, mais j'ai fait comme si c'était lui parce qu'il s'**AMUSAIT** vraiment.

– Léa...

– C'est moi !

– ... t'es folle !

– Va te coucher, Phil !

Il me donne une tape dans le dos et tourne le coin de sa rue. Il pivote dans ma direction et m'envoie la main. Je fais pareil.

Je fais des signes  désespérés dans la fenêtre de ma chambre. J'espère que Lily ne dort pas. Non. Même qu'elle arrive !

– Dis-moi tout, ma chou! lance Lily en enlevant son manteau.

C'est pas vrai! Elle porte un pyjama *Monster High* rose? **Ouate de phoque!** Quelle fille de seize ans trippe sur Monster High? On se précipite dans ma chambre.

– Super bon film. Toi, ma chou, beau *pydje*!

– Cadeau de ma marraine pour mes seize ans... Je l'ai glissé dans le sac des vêtements à donner que Ginette place dans le garage. Elle l'a trouvé (arrrghh!) et me force à le porter au moins pendant quelques nuits. (Ça va faire toute une différence!) Pis, il est comment, Phil?

– On a eu du fun. Je sais, c'est bizz... mais c'est vrai. On a joué à celui qui attraperait le premier flocon sur sa langue. C'était drôle, de le voir chasser des flocons, la langue sortie...

– Allez-vous sortir ensemble? me demande Lily en levant le REGARD vers le poster d'Antoine, dont les yeux sont toujours masqués.

– De quoi tu parles? je réponds en levant aussi les yeux vers mon ex-amoureux. C'est pas parce qu'un gars et une fille vont voir un film ensemble et qu'ils partagent un baril de maïs soufflé qu'ils sont en amour.

– Tu me niaises, Léa! Ma boule magique m'avait...

La **BOULE** magique??? N'importe quoi!

— Toi, là, t'étais amie avec Jérémie! je l'interromps.

— Exact!

— Donc, c'est possible d'être amie avec un gars. KCCC!!!

— Pas si KC que ça! On est sortis ensemble, aussi.

— Pendant deux looongues semaines! Grosse preuve!

— Léa, arrête donc de m'obstiner.

— Ben, arrête d'avoir tort!

On s'est **DÉVISAGÉES** sans rien dire. Puis, on a éclaté de rire. Le week-end débute bien.

1ER DÉCEMBRE

Ce cher Moi m'a réécrit. Il a décidé de prendre le **TAUREAU** par les cornes (quelle expression pas rapport!) et il a parlé à la fille. Ils sortent **ENSEMBLE**! Il m'a remerciée de lui avoir donné un aussi bon conseil.

JE. SAVAIS. QUE. PHILIPPE. N'ÉTAIT. PAS. MONSIEUR. MOI!

Je me comprends...

2 DÉCEMBRE

Dans le bus. Lily me regarde. Elle regarde **Phil**, qui me regarde. Les yeux de Lily jouent au **ping**-pong. Elle arrête d'analyser notre non-verbal (très **MALADROITEMENT**) quand je leur chuchote le contenu du courriel de Moi.

Je l'ai pas souligné, mais mes ongles sont rouges. J'ai dessiné un **BONHOMME** de neige dessus. C'est facile. Trois pois blancs et un carré **NOIR** qui se prend pour un chapeau. Lancelot va capoter !

3 DÉCEMBRE

Déjà le dernier cours de ballet de la session. Et la prof trop intense est absente ! Sa remplaçante est vraiment cool. Elle a dansé dans *Casse-Noisette*. Elle nous a parlé de son expérience tellement impressionnante. Elle était une **FLEUR** dans *La Valse des fleurs* !

Miss **Capezio** arrive en retard et elle capote parce que ce n'est pas la prof habituelle. Elle veut savoir la raison de son absence et dit que ça ne se fait pas et... elle s'avance enfin à la barre. On reprend nos **EXERCICES** de musculation des fessiers. J'aime ça. C'est utile. C'est pas notre prof de gym qui nous apprendrait ces mouvements qui nous sculptent le popotin. Mais les gars de la classe sont tellement immatures, ils niaiseraient. Et refuseraient de faire ces exercices.

Deuxième **PÉTAGE DE COCHE** de Miss.

– Je ne comprends vraiment pas pourquoi on fait ça ! Expliquez-moi. Blablabla.

La prof l'ignore. On CONTINUE. Miss ramasse ses choses et quitte le studio en chialant : «Ça n'a pas d'allure. TO-ta-le-ment inutile ! On me manque de respect ! Blablabla.»

Malaise dans le studio. Mathilde me regarde, HORRIFIÉE.

– Dans une classe de ballet, on ne reprend jamais le maître, m'assure-t-elle. On écoute. On obéit !

Mathilde va me manquer. L'odeur de la danse aussi. Pourquoi les choses agréables finissent-elles toujours par finir ? Pourquoi rien ne dure jamais ?

Facebook. J'ai envoyé une demande d'AMITIÉ à Mathilde, qui a répondu oui.

Mathilde

Reviens-tu cet hiver ?

Léa

Je crois que oui, mais dans une catégorie qui me convient mieux.
J'ai trouvé ça difficile.

Mathilde

Je te suis ! Moi, je fais ça pour le fun !
Et si t'es là, on aura du fun !

Léa

T'es cool !!! À+.

5 DÉCEMBRE

Ce soir, Lily et moi, on est au café. Séance intensive d'étude pour le test de math. Lily voulait travailler en paix, loin de sa mère qui lui met la **pression** pour qu'elle ait de meilleures notes. Gabriel est là et il nous a saluées en souriant. Il **dessine** toujours un cœur avec la **poudre** de cacao sur la mousse de nos cappuccinos déca, et il accompagne son geste d'un clin d'œil. Je lui ai fait remarquer que l'**endroit** n'est pas encore décoré pour Noël et que c'est un peu triste.

Il m'avoue qu'il n'a pas le temps et que je peux m'en charger, si ça me tente de le faire gratuitement. (Ça compte pour du bénévolat, ça ?)

Lily a la tête ailleurs, autrement, elle obstinerait Gabriel. C'est son sport préféré. Elle pense probablement à sa mère, qui est toujours sur son dos et qui capote encore sur son bulletin « **humiliant** pour une mère ». Je vais refiler à Ginette le livre de mon père. Elle devrait encourager Lily pour ses succès, elle en a **plein** !

Lily comprend tout en math, alors elle m'explique la méthode Ferrari pour calculer les PARABOLES. Elle rit de moi et ça me dérange même pas. On finit notre déca, Gabriel nous salue et on lui fait un signe complexe qui lui donne le sourire. On retourne chez nous en parlant peu. Devant sa maison, Lily me fait un *giga* câlin. Elle va pas bien, ma *BFF*!

6 DÉCEMBRE

— Rangez vos livres, vos cahiers et vos cell aussi, les cocos! souligne le prof de math en riant.

— Pour quelle raison, monsieur? le provoque un gars qui ne fait que texter dans la vie, assis dans la dernière rangée.

— *Because of because!* le casse le prof.

J'ai terminé mon examen. Je l'ai révisé à deux reprises (vraiment pas de vie!) et j'ai conclu que tout est **SUR LA COCHE**. Lancelot s'amuse à donner des coups de pied sur ma chaise et je me retiens pour ne pas pouffer. Je regarde Lily. Elle panique tellement. Elle se gratte la tête, efface, pitonne sur sa calculatrice, gribouille et recommence à se GRATTER la tête. Je ne l'ai jamais vue dans cet état-là. Sauf pour le grattage; on était en deuxième année du primaire, l'année où on a eu des POUX! J'espère qu'elle en a pas encore attrapé! Je **PRESSE** mes doigts sur mes tempes pour lui suggérer mentalement des réponses et, surtout, pour qu'elle arrête de se gratter parce que ça me donne envie de le faire moi aussi. Le prof pourrait croire qu'on a inventé des signes secrets pour copier!

J'ouvre les yeux. Le prof me dévisage, amusé. Je texte pas, monsieur. J'essaie d'envoyer un **message** télépathique. C'est pas mal plus compliqué qu'avec un cell!

À **NOTRE** table. Lily raconte qu'elle a eu un blanc de mémoire to-tal devant le questionnaire d'examen.

Nous sommes sidérés. Lancelot et Phil plus que les autres. Ces deux **CHAMPIONS** des mathématiques n'ont jamais eu de panne d'électricité **CÉRÉBRALE** devant un test, c'est évident.

– Lily, tu comprenais tout, hier! je m'exclame. Je peux le dire au prof, si tu veux. Tu m'as super bien expliqué la méthode Ferrari. Une chance que t'étais là!

Elle me regarde, **paniquée.**

– Je lisais les questions. C'était du russe. Gang, une panne de cerveau, c'est épeurant, vous savez pas à quel point!

– Je te comprends tellement, Lily, la rassure Karo. Ça m'arrive souvent.

– ...

– Attends de voir ta note, lui conseille Lancelot. Tu t'en fais peut-être pour rien.

– J'espère que t'as raison...

Lily ne panique jamais, d'habitude. C'est le temps que les VACANCES de Noël arrivent !

7 DÉCEMBRE

Détour sur Facebook. En vedette, la célèbre marche aux flambeaux de la fête nationale de la Finlande. C'est beau. ANTOINE et HEIDI tiennent le même flambeau en souriant trop. C'est leur nouvelle photo de profil. Arrêtez d'avoir l'air max heureux et de l'AFFICHER en toute occasion ! Bon, j'ai certainement autre chose à faire que de regarder les quarante photos prises par Heidi. Oui... décoller le poster d'Antoine, et de toute urgence.

À: Lea.sec2@gmail.com
De: Lily43@gmail.com
Objet: Je capote

Ma chou,

Ai refait l'exam de math, ce soir, pour voir.
Calcul approx de ma note = 48 %

Ta chou =(

À: Lily43@gmail.com
De: Lea.sec2@gmail.com
Objet: Re : Je capote

T où ? Je vois pas de lumière dans ta chambre.

Ta chou, qui te suggère de te trouver une vie !!!

À: Lea.sec2@gmail.com
De: Lily43@gmail.com
Objet: $$$$$$$

Je garde des jumeaux qui dorment enfin.

8D

Ta chou =(

À: Lily43@gmail.com
De: Lea.sec2@gmail.com
Objet: Re :$$$$$$$

Fais-moi signe quand t'arrives.

Je t'attends.

Ta chou

J'ai installé mon fauteuil rouge devant la fenêtre de ma chambre. Enroulée dans une **DOUDOU** trop confo. Lily ne m'a pas encore fait signe... Il est passé une heure du **matin**. Elle devrait arriver bientôt...

J'entre dans la cuisine en traînant un peu les pieds. Il y a des muffins aux bleuets sur le comptoir. La **NAPPE** de Noël recouvre la table. Mon père me fixe. Qu'est-ce que j'ai fait? Je regarde l'heure. 10 h 35. Selon son guide intitulé *Décodez votre mystérieux ado en quelques secondes*, je suis probablement en voie de guérison. J'ai attendu Lily toute la nuit, mais je crois qu'elle n'est pas revenue. (**Douteux!**) Ou je me suis endormie avant... (Plus probable!) Je m'assois à ma place et je mange mon muffin en lisant le dos de la **BOÎTE** de céréales que monsieur Ménage a laissée sur la table. *Tsss!*

Flocons d'avoine, flocons d'épeautre...

Mon père quitte la table. Il va sortir de la cuisine sans ranger ses céréales? *Tsss, prise deux!*

— Papa, tu ranges pas ta boîte de céréales? je souligne calmement. C'est une traînerie... Tu me donnes le mauvais exemple, là!

— Je pensais que tu la lisais..., argumente-t-il.

Il. Est. Sérieux?! Je lis la boîte parce qu'elle me saute aux yeux. C'est elle qui m'agresse.

– Papa, crois-moi, ton excuse laisse à désirer.

Je me lève. Replace ma chaise. Dépose mon assiette et mon **verre** dans le lave-vaisselle. Et lui tend SA boîte de céréales. J'ai **KC** mon père et il n'est pas encore midi.

Note à moi-même : la lecture d'une boîte de granolas **énergise** les **neurones**.

Lily est revenue à 3 h 12 selon **Moucheronne**, qui doit se sentir mal car elle ne m'a pas rappelé à quel point je suis **bizz**. Au téléphone, elle m'a seulement dit que Lily dormait encore. Donc, ma *BFF* est dans une forme resplendissante selon la théorie de mon père.

– Lily, je pense que tu t'en fais trop.

– Léa, j'ai coulé. Je le sais. Je fais confiance à ma boule magique !

Soupir

– Je lui ai demandé si j'avais *poché* mon test de math. Sais-tu ce qu'elle a répondu ?

– Parle au prof lundi ?

– T'es dans le champ (on est deux, la **bonne** et moi, alors !). Elle a répondu :

SIGNS POINT TO YES.

– Va voir le prof lundi !

– Léaaa...

– Explique-lui la situation. Il va savoir quoi faire...

– Qu'est-ce que tu veux qu'il fasse ? J'ai coulé, j'ai coulé !

– Lilyyy... (*SOUPIR*)

11 DÉCEMBRE

Lorsque la cloche a sonné pour la pause de 14 h 15, le prof de math nous a demandé de « **PROFITER** de l'**INSTANT** présent ». Puis, il a regardé sa montre pendant une minute. OK. On fait quoi, là ? Ensuite, il nous a annoncé qu'on venait de vivre, tous ensemble, une minute trop romantique. **Ouate de phoque !** Un « **PALINDROME** mathématique », pour être plus précise. Il délire. **Phil** a secoué son long bras dans les airs pour demander des explications.

Nous sommes le onze du douzième mois de l'année 2013 et il est 14 h 15... 11-12-13-14-15. Une pareille suite se reproduira en 2113 et nous serons tous ꓟⓄⓇⵣ. Karo a demandé si ça sera à l'examen de mi-année et nous avons éclaté de rire. Le prof a dit non. Elle a marmonné pour elle-même : pourquoi en parler, alors ? Le prof a chuchoté très fort : «*Because of love !!!*»

J'ai fait passer mon **AGENDA** à Lily.

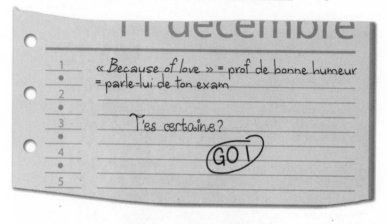

11 décembre

1 ⟨⟨*Because of love*⟩⟩ = prof de bonne humeur
= parle-lui de ton exam

3 T'es certaine ?

GO !

Je suis aux toilettes avec Émilie, qui se décoiffe pour retourner chez sa mère et la faire ENRAGER. Elle porte un soulier noir et un bleu. Brisebois n'a rien vu ! La surveillance se relâche.

— Les filles ! Félicitez-moi ! hurle Lily en entrant comme une ⓉⓄⓡⓃⒶⒹⒺ. Le prof a corrigé mon examen. J'ai eu 48 %, comme je pensais. Je lui ai raconté ce qui m'est arrivé. Je lui ai demandé si je pouvais reprendre l'examen pour éviter que ma mère me tue. Il sait comment elle peut être, elle lui a parlé après le bulletin!

Ouate de phoque! En secondaire quatre, qui veut que sa mère téléphone au prof pour se plaindre de ses résultats? Ginette a humilié Lily de la pire manière.

– Et il a dit...??? ai-je demandé.

– Je le reprends le 13!!!!!!!!!!!!!

On a SAUTÉ sur Lily, qui respire enfin.

– Mesdemoiselles, vous n'avez pas entendu la cloche? demande Geoffrion, ravie d'avoir arrêté trois DANGEREUX bandits d'un coup. Normal. J'ai failli ne pas l'entendre non plus à cause des cris que vous poussiez. Vous pouvez m'expliquer votre retard?

– Le prof de math nous a gardés trois minutes après la cloche, PLAIDE Émilie. Il nous a permis de revenir trois minutes plus tard. Si on traîne ici avec vous, là, on sera vraiment en retard...

– Ouste, dans votre local avant que je décide de ne pas croire cette excuse invraisemblable, rétorque Geoffrion.

Pourquoi les adultes doutent toujours de la vérité alors qu'ils gobent parfois des mensonges DÉLIRANTS?

Pourquoi ai-je demandé à ma mère ce qu'elle souhaitait recevoir pour NOËL ? J'aurais dû me creuser la tête, trouver un truc original et l'acheter. Mais non. Je voulais lui faire plaisir...

Elle est partie en peur avec la consommation débridée et l'ESPRIT de Noël qui s'est perdu dans la nuit des temps (autre expression pas rapport. Un esprit ne se perd pas dans la nuit ! Les esprits *vivent* la nuit !) et la planète qui croule sous la POLLUTION et blablabla ! Si elle ne veut pas de cadeau, c'est simple. Qu'elle le dise et je ne lui donnerai rien !

– J'ai pensé qu'on pourrait fabriquer nos cadeaux de Noël (hein ?), cette année, a proposé ma mère en toute simplicité. Ou offrir du temps, des objets recyclés... Nous gaspillons tellement. Retrouvons le sens de cette fête !

Je suis découragée par ce bricolage en perspective. ~~Comme elle~~ À cause d'elle, je suis *foule poche* en ARTS *plates* !

– Mamaaan, ce sera pas Noël !

Mon père rigole. Il peut rire, lui, il est pas plus habile que moi ! Je quitte la pièce sans leur adresser un mot pour qu'ils comprennent que je ne suis pas d'accord.

Un petit coucou sur Facebook. ANTOINE m'a souhaité un bon week-end. Je clique sur J'aime avant de lui répondre. Je remarque qu'HEIDI a téléchargé de nouvelles photos. Il y en a assez pour qu'on suive la marche aux FLAMBEAUX sans manquer un pas. Antoine n'a pas l'air de s'ennuyer de nous une seule seconde. Tant mieux pour lui !

YOUPI ! Lancelot a envie d'aller voir *Le Hobbit 2* ce soir et invite toute la gang. LO et VÉ y vont. Phil et Émilie aussi. Moi ? C'EST SÛR !

Je suis assise entre Phil et Émilie. Au début, le film était super bon. Ça s'est dégradé à l'arrivée des araignées. J'ai toujours eu un peu peur des araignées. Surtout les GROSSES noires poilues qui courent dans la salle de bains au mois d'août, genre. Dans Harry Potter, disons qu'Aragog n'était pas mon personnage préféré. Dans *Le Hobbit*, c'est trop. On entend claquer leurs mâchoires affamées. Elles sont des MILLIERS et on entend leurs pattes cruelles marteler le sol. J'étais terrifiée. J'ai crié et je me suis caché le visage derrière l'épaule de Phil, qui ne savait plus où se mettre. J'ai relevé la tête. Émilie m'a mis la main devant les yeux pour que je ne VOIS rien. Raté ! J'ai eu envie de pleurer tant j'étais effrayée. Phil m'a offert une poignée de maïs soufflé pour m'occuper et être certain que je ne joue plus à la cachette derrière son épaule.

Au café, après le cinéma, j'ai fait rire de moi. Tout le monde a vanté le **COURAGE** de Philippe, qui a rougi. Pour changer de sujet, j'ai raconté l'idée délirante de ma mère pour l'échange de **CADEAUX** de Noël. Fini les listes de suggestions! Fini les achats cool! On revient au Moyen Âge!

– Pourquoi faire des suggestions, Léa? J'en fais jamais, moi, déclare Lancelot.

– Parce que la mieux placée pour savoir ce que j'aime, ben, c'est moi!?... T'en fais jamais jamais?

– Jamais. Je veux voir à quel point les gens connaissent mes goûts.

– Et puis?

– Ça fait souvent dur, **POUFFE**-t-il. Mais je m'en fous!

Je le savais. Notre Noël fera tellement **dur**!

En sortant du café, on a marché jusqu'au parc. **LÉO** a lancé une boule de **NEIGE** à **VÉ** qui a répliqué. Lancelot m'en a envoyé une. J'ai visé **Phil** dans le dos. C'est là que ça a dégénéré. **MEILLEURE** bataille de boules de neige de ma vie. J'ai les joues rouges. Mes cheveux sont pleins de neige et je ris. Le cell d'Émilie vibre dans sa poche.

– Mon père veut pas venir me chercher. Il neige trop, d'après lui.

On regarde tous le CIEL. Il est peureux, son père !

– Il faut toujours adapter sa conduite aux conditions météorologiques, nous explique Miss leçons de conduite. Il a raison d'être prudent et...

– Tu peux dormir chez moi, si tu veux, ai-je dit en interrompant Lily, qui nous entretenait de l'importance des pneus d'HIVER pendant l'hiver (pertinent !).

Émilie rappelle son père, qui est vraiment soulagé. Il a peut-être pas de PNEUS d'hiver !

J'ai prêté un pyjama et un toutou à Émilie. Ben quoi ! Elle a pas le sien ! On est assises sur mon lit et on se raconte nos vies. Je lui parle de mon père qui capote sur les sciences et sur le rangement. Elle me demande ce qui arrive avec ANTOINE.

– On se donne des nouvelles sur Facebook. Sa blonde prend tellement de photos, c'est fou. Il est pas mal amoureux d'elle, je crois.

Elle comprend. Émilie COMPREND toujours.

– Léa, regarde la fenêtre de Lily ! Y a de la lumière !

– C'est un signe secret. Lily veut nous rejoindre ! Réponds-lui qu'on l'attend. Tu fais trois petits coups lumineux. Tiens, voilà la lampe de poche.

Émilie **CAPOTE**!

On fait un **DÉFILÉ** de pyjamas. Lily exhibe le magnifique t-shirt du spectacle de Peter Gabriel (et les pantalons de son pyjama *Monster High*) en lançant son toutou Barney en l'air. Émilie, mon pyjama Porcinet en ébouriffant sa frange. Très beau. Moi? Ma **JAQUETTE** pour les jours où je me badigeonne de Vicks parce que je suis malade (elle sent un peu!). **Ben quoi!** J'ai prêté mon seul vêtement de nuit potable à Émilie!

On a pris des poses de mannequins, on a fait des moues de **CANARD** tout en plaçant la main sur une hanche. On s'est prises en photo. On s'est lancé nos toutous. C'est bébé lala, mais c'est drôle. On a ri trop fort au goût de mon père, qui a cogné à la porte de ma chambre pour nous accuser d'être responsables de la tempête. On a pouffé, mais on s'est calmées.

On a d'abord tenté de s'**ENTASSER** les trois dans mon lit parce que c'est l'heure du dodo. Résultat de cette expérience : trois filles dans un lit double, c'est rien pour avoir notre nom dans le livre des records Guinness, mais c'est trop quand même. Puis, Lily s'est couchée par terre. Après cinq minutes, elle a décrété que mon **PLANCHER** est trop dur. Finalement, elle s'est blottie dans mon fauteuil rouge et y est restée.

On a parlé longtemps. Des gars, du film, des gars, de la reprise de l'examen de math de Lily, des gars, des petites sœurs **FATIGANTES**, des gars…

15 DÉCEMBRE

Mon père prépare des galettes à la farine de sarrasin. Ma mère **BOIT** son café en silence, ses mains fines entourant sa tasse rouge à pois blancs. Mon cadeau de Noël de l'an dernier, je souligne. Je donne de **BEAUX** cadeaux, bon! Pourquoi changer la formule, alors?

Émilie ne sait pas comment manger les galettes de mon père. Je lui fais une démonstration. On beurre la galette bien comme il faut. On la roule, puis on la coupe en **RONDELLES** qu'on engloutit. Lily, elle, la trempe dans le sirop d'érable et y cache des **Gummy Bears**. Émilie essaie tout, même l'option jujubes. On ne parle pas beaucoup parce qu'il est 11 h 11. Presque midi! Mon père doit être content de constater que je guéris à vue d'œil.

Il neige à plein ciel. On voit à peine la piscine. Monsieur H nous a fait une visite-éclair pour prédire que les écoles seront **FERMÉES** pendant toute la semaine parce qu'il va trop neiger. On l'a applaudi et il est retourné chez **LULU** en riant (et en rapportant deux galettes avec lui). C'est le Petit Chaperon rouge à l'envers!

Résumé d'un après-midi de tempête avec Lily et Émilie: visite à la pépinière pour choisir le **sapin** avec mon père et monsieur H. Se coller sur le poêle à bois du propriétaire parce que c'est trop réconfortant!

Dire «allô» à Gabriel, qui travaille là aussi. Entrer dans la boutique et se pâmer sur les sapins décorés avec des patins, des mitaines tricotées de l'ancien temps, des , des biscuits comme ceux de Lulu et des cannes de bonbon. Inquiéter mon père, qui nous avait perdues dans la foule (légère exagération, nous étions vingt au max). Faire des ✈ ANGES ✈ dans la neige. (Chez moi, pas à la pépinière devant tout le monde et Gabriel!) Boire le fameux chocolat chaud de Lulu garni d'une **guimauve** faite maison en regardant tomber les flocons.

🍓 ♥ 🍓

Quand le père d'Émilie est arrivé, elle ne voulait pas vraiment partir. Était-il forcé d'amener Garance avec lui? Il n'a pas encore compris qu'Émilie déteste **totalement** sa moitié-de-sœur? Symptôme de l'adultite aiguë (maladie que je croyais, à tort, en voie d'extinction): ne voir que ce qui fait notre affaire!

19 DÉCEMBRE

Je suis au café. Gabriel s'est enfin décidé à décorer les fenêtres. Il est débordé parce que plusieurs étudiants du cégep réclament leur dose de caféine, alors son projet de déco n'avance pas vite. Lorsque mon tour arrive, je commande un cappuccino déca avec un sapin dessiné sur la mousse, parce que ce sera 🎅🎅🎅🎅, pas la Saint-Valentin. La maison (ben, Gabriel) m'offre le café si je **découpe** les flocons de neige à sa place. Je réfléchis trop, alors il me tend les feuilles de papier et des ciseaux. **Note à moi-même:** arrête de trop **PENSER**, Léa. Tu t'attires des heures de bénévolat qui ne comptent même pas!

Je me dirige vers ma place habituelle, qu'un couple de cégépiens vient de quitter. De gros flocons **TOMBENT** mollement sur le sol, dehors. C'est beauuu!

Mes flocons. Première étape: Je **PLIE** une feuille de **PAPIER** carrée en deux. J'obtiens un triangle (ouais...). Deuxième étape: Je plie le triangle pour en obtenir un autre, plus petit. Troisième étape: Répéter l'étape deux pour obtenir un troisième **TRIANGLE**, vraiment plus petit que le deuxième. Quatrième étape: Plier encore. Couper les **POINTES** qui dépassent. C'est le temps de découper n'importe comment dans le triangle pour créer le flocon. J'étais tellement absorbée que je n'ai pas vu qui entrait. Je sens une présence derrière moi. Je me tourne et sursaute. Phil tient ma tasse de café. Gabriel fait livrer les cafés, maintenant? Tsss!

– Je peux te parler? me demande Phil.

Je me rassois pour goûter mon café sans briser le **SAPIN** sur la mousse. Pas facile. J'ai de la mousse sur le nez et je l'essuie en riant.

– Léa, je sais pas comment te le dire...

– Qui êtes-vous et qu'avez-vous fait de Philippe Valois-Pépin? je réplique en **RIGOLANT**. Je te reconnais pas! C'est la première fois que tu cherches tes mots. Ça va?

– Laisse-moi parler, Léa.

– ...

– Je me demandais si... je pensais que... au cours des dernières semaines... j'ai beaucoup réfléchi... il y a Antoine, mais...

– Philippe, je...

– Léa...

– ...

– ... j'aimerais ça qu'on **sorte** ensemble, débite-t-il si vite que je ne suis pas certaine d'avoir bien **ENTENDU**.

– ...

– Tu dis rien?

– ...

– ...

– Phil, peux-tu coller ce flocon (il regarde avec étonnement le **PAPIER** troué que je lui tends) dans la fenêtre?

– Je peux, répond-il avec gentillesse.

C'est ce qu'on a fait pendant toute la soirée. On a décoré les vitrines du café avec des **flocons** de neige que je découpais en racontant des niaiseries pour ne pas répondre à sa **question**, parce que je ne sais pas quoi dire. Lui? Il a écouté mes niaiseries sans reparler de sa demande. **Fiou !**

Quand on est sortis, il **NEIGEAIT** encore et on a rejoué à attraper des gros flocons avec la langue. On a ri. Puis, **Phil** m'a regardée, des points d'interrogation dans les **YEUX**.

– Laisse-moi y p... penser, OK? ai-je bafouillé parce que c'est ma spécialité.

Il s'est arrêté devant ma maison. On savait pas quoi faire. Je lui ai dit «à demain». Il m'a copiée. Il est parti. Au coin de la rue, il s'est retourné et m'a envoyé la **MAIN**. (Ça devient une habitude !) Je l'ai salué à mon tour et je suis entrée chez moi.

Ouate de phoque !

20 DÉCEMBRE

Ce matin, dans le bus, **Moucheronne** a regardé Phil et l'a qualifié de trop bizz. Il a haussé les épaules avant de se replonger dans un livre qu'on devra lire après Noël. Je ne suis plus la seule **bizz** du bus, ça devrait me rassurer. Lily m'a demandé si tout était **sur la coche**. J'ai dit «oui». J'ai menti. Je suis à côté de la coche, pas dessus. J'ignore comment je **PEINDRAI** des ongles afin de lever des fond$$$

pour la Guignolée alors que je flotte dans une autre DIMENSION...

À l'entrée de la café, en compagnie de Sabine. Nous interpellons toutes les autres élèves en leur offrant un service de décoration d'ongles, spécial Noël. Sur la table, une tirelire géante pour récolter les dons. Sabine agite des grelots en sautillant.

À la récré du matin, nous avons peint un dessin différent sur chacun de nos ongles. Quand les clientes se présentent, elles choisissent le modèle qui leur plaît. Nous avons déjà dessiné un père Noël sur le pouce de Geoffrion.

Comment DESSINER un père Noël sur le pouce d'une surveillante: Commencer avec un fin trait blanc à la base de l'ongle, pour la barbe. Ajouter un nez rouge et deux traits noirs pour les yeux. Au-dessus des yeux, un large trait blanc pour la fourrure de la tuque, puis un trait rouge, encore plus large, pour la tuque.

Geoffrion nous a donné trois dollars. Ensuite, il y a eu Karo, puis LO et VE. LO a exigé des rayures de cannes de bonbon. VE a exigé qu'on ne fasse rien du tout et il a même payé deux dollars pour ça. Moucheronne et son essaim

bizzbizzant. Et tellement de monde que j'ai arrêté de compter.

Philippe s'est arrêté à notre **KIOSQUE** trop festif. Je lui ai offert tous les modèles en magasin. Je sais pas pourquoi, mais c'est moins gênant de lui parler en présence d'autres personnes. Il a refusé en rougissant (je l'ai contaminé à vie!) et a insisté pour nous **PHOTOGRAPHIER**. « Pour *La Gazette* », m'a-t-il souligné au moins trois fois...

Le prof de math est venu nous encourager. On a insisté pour lui faire les ongles. Il a éclaté de rire. Il a refusé notre offre, mais il nous a donné deux dollars.

Même si la moitié de l'école a décidé de quitter à l'heure du dîner pour commencer les vacances plus tôt, nous avons amassé soixante-quinze dollars. Notre dernier client? Monsieur **CRAVATE** en personne, affichant fièrement le portrait du père Fouettard! Je lui ai demandé combien de cravates il possède. Il nous a dit qu'il sait pas compter jusque-là parce qu'il est seulement prof de géo. On lui a offert nos services et... il a accepté!!! Pourquoi? Sa fille de six ans ne le lâche pas avec ses affaires de filles, alors...

Le rédacteur en chef est revenu, il a pris **NOTE** du résultat final de notre collecte et nous a photographiées avec nos deux derniers clients, monsieur Cravate qui exhibe fièrement l'ongle de son pouce (doré avec un flocon de neige blanc dessus) et Émilie (qui n'a pas eu le temps de se décoiffer ou de faire son traditionnel air **BÊTE**), dont l'ongle a l'air d'une canne de Noël rouge et vert. La cloche a sonné et nous

nous sommes dirigés en  vers notre BOCAL.

Le prof de math entre. Il fait le décompte mental des trop nombreux absents. Il a pas l'air content.

Il nous remet nos copies d'examen : **96 %**. Je. Suis. *Bollée*! Je vais **KC** mon père! Je saisis l'agenda de Lily, que Lancelot a intercepté. **Il m'énerve!** Je l'ouvre.

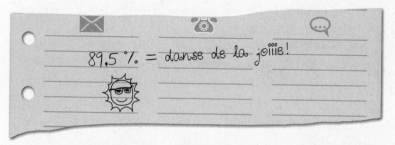

Lancelot a ajouté un soleil qui sourit. J'entoure la note de Lily d'un énorme cœur.

Je refile l'agenda à Lancelot. **CATASTROPHE!!!** Le prof m'a vue. Il demande à le voir. Il le lit puis le remet à Lily sans rien ajouter. On a l'impression qu'il nous aura à l'œil, désormais.

— Les cocos, écoutez bien ce que je vais vous dire et prenez des notes. (Phil ne **RESPIRE** plus. Je crois que respirer l'empêche de bien entendre.) Ce qu'on fera cet après-midi est crucial pour l'examen de mi-année. Vous m'avez compris?

Phil a COMPRIS avant nous que le prof s'apprêtait à nous dévoiler *Ze scoop*. Il a immédiatement commencé à ne plus se posséder. Et on a suivi son exemple parce que c'est le meilleur étudiant en math de la province et que le secondaire quatre est l'année la plus **IMPORTANTE** de notre vie.

Le prof nous explique des trucs plates en s'assurant que nous comprenons bien tout ce qu'il dit. Je prends en note jusqu'à la moindre virgule pour éviter de m'endormir. Lancelot frappe sur la patte de ma chaise en cadence. Je me retourne. Il a placé son efface sur son nez et sur l'efface, sa règle. **Nono!**

La cloche a sonné. Le prof a quitté le local après nous avoir expliqué que, selon ses calculs, Jésus n'est pas né le 25 décembre et qu'on s'est fait leurrer depuis plus de deux mille ans et qu'il faut être sceptique, dans la vie. Il aurait pu se contenter de nous souhaiter bonnes VACANCES!

Il neige encore. Les flocons sont ÉNORMES et virevoltent au-dessus de nos têtes. Le ciel est gris. C'est très ROMANTIQUE, cette température. Je me rends à l'autobus sans me presser. *LO* ne rentre pas avec moi, elle va chez *VE*. Philippe me rejoint à grandes enjambées et on marche en silence vers le bus. Il attend toujours ma réponse, c'est clair. Moi, j'attends que mon cerveau me la souffle, cette réponse.

Monsieur Gilles nous tend une **canne** de bonbon à notre arrivée. Je prends la mienne et je me dirige vers ma banquette vide. Phil me suit. Le trajet se passe en silence. Le **bizzbizz** de l'**ESSAIM** me berce pendant que je regarde la neige neiger.

Phil choisit de descendre à mon arrêt. Monsieur Gilles lui souhaite un **JOYEUX** Noël. **Phil** répond poliment. Dehors, je le regarde. J'attrape un flocon sur le bout de ma langue avant de lui annoncer qu'il a perdu. Il sourit, hésite, puis me fixe avec ses yeux bioniques. Je sais qu'il aimerait que je lui donne une réponse, là, tout de suite, maintenant. Si je parle pas, c'est que je ne **SAIS PAS** quoi dire.

– À+, Philippe, je chuchote presque.

– À+, Léa. On se reparle ?...

– Bientôt...

21 DÉCEMBRE

J'ai appelé Lily à la rescousse. Elle agite sa boule **magique** sous mon nez en m'ordonnant de l'interroger. Je refuse. Est-ce qu'une **BOULE** de plastique fabriquée en Chine va me dire quoi faire ? Lily est renversée. Elle met ça sur le compte de mon insomnie. J'ai passé une **NUIT** blanche (autre expression pas rapport... Vous avez déjà vu un ciel blanc en pleine nuit ? Pas moi !).

– On dirait que t'as envie de dire oui, ma chou, énonce Lily après avoir avalé une poignée de pauvres **Gummy Bears** innocents.

– Peut-être, ma chou..., me trahissent mes neurones déchaînés parce que ce sera Noël bientôt.

Lily ne parle pas pendant un moment. Elle réfléchit à ce qu'elle va répondre. **Ouate de phoque!** Nous sommes devenues **INTENSES**, tout à coup. Depuis quand on réfléchit avant de parler, nous? C'est tellement pas notre genre.

– Léa, je pense que tu ferais une **GAFFE**.

– ...

– Antoine reviendra forcément. Heidi ne pourra pas se cacher dans ses bagages. (Tu la sous-estimes!)

– ...

– Oublie pas une chose. Ça va créer un **FROID** dans la gang si vous cassez, Philippe et toi.

– Un froid comme quand t'as laissé Jérémie, genre?

– C'est pas pareil!

– Qu'est-ce qui est différent?

– Mange donc des Gummy Bears. Ça relaxe!

Dix **JUJUBES** plus tard, aucun effet relaxant. On a donc décidé d'écouter le dernier CD de Katy Perry en se lançant des coussins. On est sorties quand **LULU** nous a demandé de l'aide pour décorer les bonshommes en **PAIN** d'épices qu'elle a cuisinés ce matin et qu'on accrochera dans le sapin. Mmmm ! Ça sent trop **BON** dans sa cuisine.

22 DÉCEMBRE

Pour le déjeuner, mon père a **FAIT** les gaufres aux canneberges séchées qu'il cuisine seulement pendant le temps des fêtes. Devant la fenêtre qui donne sur la piscine, j'ai suspendu des **BOULES** de Noël au bout de longs **RUBANS** vert pomme. C'est vraiment beau.

Ma mère a senti que quelque chose n'allait **PAS** (et elle est pas du genre à paniquer pour rien !). Elle me regarde à la dérobée depuis tantôt.

Je lui ai expliqué rapidement la situation, entre **Phil** et moi, en souhaitant qu'elle ne saute pas au plafond. Elle a écouté mon résumé des faits, bien assise sur sa chaise. Parfois, elle hochait la tête. Parfois, elle disait : «Hum ! » Elle a (difficilement) contenu sa **JOIE**. Vraiment, elle est mature.

Puis, elle a **OUVERT** la bouche. Je sais. Elle aime tellement Phil. Elle va me demander ce que j'attends pour lui dire oui et, pourquoi pas, pour me fiancer !

Ouate de phoque ! J'ai tout faux. Elle m'a suggéré de demander conseil à *madame Elle* en me faisant un clin d'œil.

Ouate de phoque **au cube !**

Je suis couchée sur mon lit. J'ai placé mes coussins comme il faut parce que c'est NOËL et que ma chambre doit être bien rangée. Mon cahier est  devant moi. Le bout de mon stylo préféré appuyé sur ma lèvre inférieure m'aide à . Alors, je me lance.

Madame Elle,

Ma lettre va t'étonner. Habituellement, c'est moi qui réponds au courrier du cœur qui t'est adressé. Aujourd'hui, c'est moi qui ai besoin de toi.

Mon ex-chum sera en Finlande pendant deux cent vingt-trois jours encore. (Fais le calcul si tu me crois pas !) On s'était dit qu'on continuerait de sortir ensemble malgré le fait qu'un océan allait nous séparer. À ce moment-là, mon amoureux ignorait qu'une Heidi déchaînée lui sauterait dessus, mais c'est arrivé, photos à l'appui, et on a cassé.

Je me suis dit que je ne sortirais avec personne avant son retour, parce qu'il va revenir, justement. Là, un gars que je connais depuis le secondaire un m'a demandé de sortir avec lui.

Première réaction : j'étais sous le choc. Deuxième réaction : j'ai rougi comme jamais. Meilleure réaction : j'ai baragouiné quelque chose qui ressemblait à : « Je vais y penser. »

C'est ce que je fais. J'y pense depuis trois jours et deux nuits. D'un côté, il y a ce gars qui est ici et qui attend une réponse. De l'autre, il y a mon ex-chum en Finlande qui n'attend rien du tout, mais qui reviendra en août.

Mes idées sont tellement embrouillées, va falloir que je fasse des problèmes de math pendant une nuit entière pour venir à bout de ce fouillis. Ne pose pas de question, c'est un *inside* familial...

Madame Elle, laisse-moi résumer ma pensée :

Qu'est-ce que je réponds au gars qui est ici ???

Une courriériste du cœur indécise

Je regarde dehors. Il neige de la OUATE. Comme le soir où on a fait notre rapport de labo au café, Philippe et moi. Ou celui où on est revenus du cinéma. Comme après le F I L M *Le Hobbit 2* et la fois où Phil collait les flocons que j'avais découpés dans la vitre du café. Et le dernier jour avant les vacances...

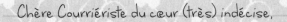

Chère Courriériste du cœur (très) indécise,

Tu crois que tu es prise dans un triangle amoureux comme celui de Katniss, de Peeta et de Gale ? Peeta ou Gale, un choix déchirant pour Katniss ! Je pensais à ça en rangeant mes cahiers de math pour les vacances : pour faire un triangle, il faut trois côtés. C'est comme ça. Dans ton histoire, si je compte, il y a seulement deux droites. Parce que la troisième est beaucoup trop loin pour que tu la considères.

Autre exemple : Rappelle-toi quand Harry Potter s'est aperçu qu'il voulait sortir avec Ginny Weasley et pas avec Cho. Il connaissait Ginny depuis toujours. Mais ça lui a quand même pris du temps à saisir ce que nous avions tous compris depuis longtemps...

Et que dire de Rory Gilmore, qui n'a pas réalisé tout de suite qu'elle était attirée par Logan Huntzberger. Il lui a longtemps tapé sur les nerfs avant qu'ils sortent ensemble. Entre nous, *Naked Guy* était vraiment plus intéressant que Logan. Est-ce que Rory avait peur de se tromper ? Nooon !

Dans le film *13 ans, bientôt 30*, Jenna a saisi que le joueur de hockey des Islanders de NY (quel nono, celui-là !) avec qui elle sortait n'arrivait pas à la cheville de Matt, le gentil photographe qu'elle connaissait depuis l'école primaire. Pour Jenna, il était minuit moins une ! Elle a réglé son problème grâce à de la poussière magique. Ne compte pas trop là-dessus. La poussière magique est en rupture de stock au *dep*.

Je pourrais te donner encore plein d'exemples. Ce serait inutile. On reviendrait toujours au même point. Des fois, ça prend du temps avant de se rendre compte qu'une personne qu'on côtoie tous les jours est faite pour nous.

Dans les films, les héros savent toujours quand c'est le bon moment. Ils savent quoi dire et, surtout, comment le dire. Sans rougir et sans bafouiller. C'est pas juste, je sais. Mais n'oublie pas que le scénario est écrit à l'avance. Ils l'ont simplement appris par cœur.

Nous, on apprend pas notre vie par cœur. On improvise, comme en art dram. Des fois, on dit des affaires géniales. Souvent, on bafouille et on a l'air fou. Ce qui compte, c'est que nous, on peut décider de ce qui se passera dans la prochaine scène et comment finira l'histoire. Pas eux !

Si tu te poses toujours la question après trois nuits d'insomnie, c'est peut-être parce que tu as déjà une bonne idée du rôle que tu aimerais jouer dans la prochaine scène. Et tu SAIS avec qui tu la joueras, cette scène.

As-tu peur que l'histoire finisse mal ? N'oublie pas ce que disait le père de Sam Montgomery, interprétée par Hilary Duff, dans le film *Une aventure de Cendrillon* : « Ne laisse pas la peur de perdre t'empêcher de jouer le match. »

Madame Elle,
qui sait ce qui lui reste à faire...

– Philippe ? C'est Léa. Ben, je… j'ai envie de prendre un cappuccino. Pas toi ?

À paraître en 2015

Ouate de phoque !

Tome 6. Léa + Phil = !?!

Merci à...

Chloé, notre éditrice qui connaît mieux les bonbons que Lily.

Sandy, parce que c'est comme ça !

Vivianne, pour ta folie.

Géraldine, pour ton talent.

Eve, parce que tu vois tout et même plus.

Étienne-Alexandre, Isabelle, Kiara, Lancelot, Maude, Mickaël, Nathalie, Richard et tous les autres. Vous êtes inspirants.

Toute l'équipe des Éditions de Mortagne, parce que vous aimez Léa autant que nous.

Prologue, notre distributeur, pour son travail acharné.

Tous nos lecteurs et lectrices.

Merci d'avoir accueilli Léa et sa bande.

Merci pour vos idées folles, vos témoignages et vos réflexions amusantes.

Tenez-vous au courant
des actualités concernant la série
Ouate de phoque !
en devenant membre de la page Facebook

www.facebook.com/pages/ouate-de-phoque

ou découvrez d'autres titres de la collection
Génération Filles sur

www.facebook.com/collectiongenerationfilles

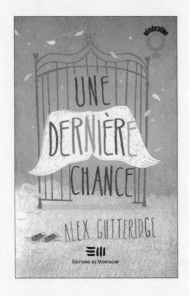

Dans la même collection

Alex Gutteridge

Une dernière chance

Jess mène une vie plutôt normale. Elle se chicane avec ses parents, entretient une relation amour-haine avec son frère Jonathan et elle A-DO-RE ses amies, qui forment avec elle une alliance indestructible.

À travers son quotidien assez ordinaire, les devoirs de maths remportent la palme de l'ennui. Heureusement que son amie Jasmine est là pour l'aider! C'est chez elle que Jess se rend à bicyclette, un soir, après l'école. Mais elle n'en reviendra pas. Du moins, pas comme avant... Frappée par une voiture, elle plonge dans un profond coma.

Aux portes du paradis, elle rencontre Daniel, l'ange de la mort. Ce dernier n'a pas l'air enchanté de sa venue et il admet avoir fait une erreur. Pour se racheter, il donne à la jeune fille une dernière chance de retourner sur Terre, mais sous forme de fantôme.

Jess découvrira alors que les gens qu'elle aime cachent bien des secrets. Certains plus lourds que d'autres. Et si ces secrets influençaient la pénible décision qu'elle sera obligée de prendre?

Dans la même collection

Laura Summers

Sauve qui peut !

Un père devrait être attentionné, et non manipulateur. Un mari devrait être aimant, mais pas jaloux et violent. Quand l'homme de la maison devient incontrôlable, la mère d'Ellie et de Grace ne voit qu'une solution pour protéger ses filles : partir le plus loin possible.

Arrivées au bord de la mer, elles trouvent refuge dans une vieille caravane sur un terrain de camping. Alors que leur mère commence à travailler au café de la plage, les deux jeunes filles vont dans une nouvelle école où elles ont à apprivoiser leurs camarades. Pas facile quand on ne veut pas dévoiler certains éléments de son passé...

Pour garder un secret, il y a deux options : se taire ou mentir. Ellie laisse libre cours à son imagination et se crée une histoire à rendre jalouses ses nouvelles amies. Quant à Grace, c'est l'occasion d'apprendre à faire confiance aux autres et peut-être même de sortir du mutisme dans lequel elle est plongée depuis trop longtemps.

Cette nouvelle vie leur plaît. L'avenir s'annonce meilleur et, surtout, plus excitant. Mais le passé restera-t-il derrière elles encore longtemps ? Affronter la réalité est difficile, mais c'est souvent le seul moyen de vivre pleinement sa liberté !

Dans la même collection

Laura Summers

Un cœur pour deux

À quatorze ans, Becky rencontre les mêmes problèmes que beaucoup d'adolescentes : un petit frère trop collant, une mère surprotectrice et des camarades de classe vraiment détestables. À la différence qu'elle doit affronter un défi de taille qui n'est pas le lot de plusieurs : une greffe du cœur.

Pas facile de s'adapter à cette nouvelle vie quand les germes te terrorisent et que des idiots racontent n'importe quoi sur ton compte, allant jusqu'à te surnommer Miss Frankenstein ! Heureusement que Léa, Julie et Alicia sont là pour épauler Becky... du moins, jusqu'à ce que leur amie devienne un peu étrange !

En effet, depuis l'opération, la jeune fille adooore le beurre d'arachides (qu'elle avait auparavant en horreur !), joue au hockey comme une pro et a tendance à remettre les gens à leur place de façon, disons, pas mal violente ! Aussi, des images de personnes et de lieux inconnus apparaissent dans son esprit. Que signifient-elles ? Mystérieusement attirée par un parc de l'autre côté de la ville, Becky y fait la rencontre de Sam, un beau garçon qu'elle a l'impression de déjà connaître. Pourra-t-il l'aider à retrouver cette maison aux volets verts qui surgit constamment dans sa tête ?

Dans la même collection

Kate Le Vann

C'était écrit...

J'ai connu une fille qui s'appelait Sarah. Je l'aimais plus que tout au monde. Mais elle est morte avant que j'aie eu la chance de bien la connaître. Elle avait vingt-six ans. C'était ma mère.

Passer l'été à Londres, chez sa grand-mère maternelle... Voilà qui est loin de l'idée que Rose se faisait de ses vacances. Quel ennui !

Toutefois, dès son arrivée, deux événements inattendus l'amènent à changer d'avis :

1) la rencontre de Harry, un étudiant qui effectue des travaux chez sa grand-mère. Vraiment très beau mais aussi trèèèès énervant !!!

2) la découverte du journal intime de sa mère, que Rose trouve dans le placard de l'ancienne chambre de Sarah. Journal qui dévoile des faits troublants à la jeune fille...

Poussée par Harry, Rose partira à la quête de la vérité. Elle doit savoir si elle vit dans le mensonge depuis toutes ces années. Au fil de leurs recherches, un amour timide naîtra entre eux. Mais il y a Maddie, l'étudiante-beaucoup-trop-belle qui tourne autour du jeune homme...

Dans la même collection

Kate Le Vann

Tessa et l'amour

Tessa est désespérée à l'idée d'avoir un jour un chum. Sa meilleure amie, Mathilda (incroyablement belle avec ses cheveux fabuleusement acajou et sa peau extraordinairement resplendissante), file le parfait amour avec Lee depuis un an, contrairement à elle, qui est toujours, désespérément, totalement, seule. Bon, il faut reconnaître que personne n'a su éveiller son intérêt jusqu'à présent. Trouver un garçon mature, et beau, ET qui lit les journaux, ça n'a rien de facile, surtout quand on a seize ans !

Mais quand il s'agit de sauver la forêt à côté de chez elle, menacée par la construction d'un centième supermarché, Tessa est hyper motivée (bien plus que pour trouver l'amour !). Et si ce garçon – vraiment original et au surnom peu commun – qu'elle croise le jour de la manifestation était celui qu'elle espérait ?

La vie telle que Tessa la connaissait est sur le point de basculer…

Pour le meilleur ou pour le pire ?

Dans la même collection

Aimée Verret

Inséparables

Éléonore est une fille ordinaire (c'est ce qu'elle pense!). Elle aime dessiner des robes (et des cornes à sa mère, selon son humeur). Élé a la chance d'avoir une meilleure amie trop cool, Lola, qui est fan de magasinage, mais qui sait surtout quoi faire en toute circonstance, particulièrement lorsqu'il est question des garçons. (D'ailleurs, tous les tests dans les magazines lui confirment qu'elle est l'amoureuse idéale!)

Mais alors, pourquoi est-ce justement depuis que Lola leur a arrangé un rendez-vous avec deux joueurs de soccer super cute que l'amitié entre les filles semble ébranlée? Lorsque notre meilleure amie se fait un chum, elle a le droit de passer du temps avec lui, c'est sûr. (Beaucoup, même, des fois…) Mais est-ce que ça lui donne le droit d'abandonner sa best, en pleine nuit, après une soirée catastrophique? De lui mentir? Qu'est-ce qu'on fait quand on ne comprend plus du tout sa *BFF*?

Heureusement pour Élé, il y a Jérôme et Mathieu Rochon, une BD et… deux premiers baisers!!

Achevé d'imprimer au Canada
sur les presses de Imprimerie Lebonfon Inc.